D1642765

BUR

Carlo Cassola

L'amore tanto per fare

Biblioteca Universale Rizzoli

Dec. '90

prima edizione: settembre 1988

I

Il colonnello Varallo aveva una relazione con una donna sposata. Ne aveva avute molte, di relazioni, da quando aveva lasciato perdere quella mentecatta di Elena Raicevic; ma questa durava da più tempo. Varallo s'era ormai abituato a Gabriella: gli sarebbe dispiaciuto perderla perché ci aveva fatto l'abitudine.

Non che ne fosse innamorato. Aveva ragione lei, Gabriella, a sospettarlo. Era sempre a esprimere questo dubbio: «Tu non mi ami. E allora, si può sapere perché ti sei messo con me?». "Per abitudine" avrebbe risposto Varallo, se fosse stato sincero. "Perché sono abituato ad avere una donna intorno. Come mai voi donne siete sempre a far domande? Tormentate noi, e tormentate voi stesse." "Sentiamo: cosa dovremmo fare?" era l'immaginaria risposta di Gabriella. "Contentarvi del piacere che vi diamo. Noi uomini lo facciamo solo per quello. Se non avessimo in vista il piacere, non ci metteremmo intorno una donna."

"L'amore è qualcosa di più del piacere" replicava Gabriella, scontenta. A volte gli faceva davvero quei discorsi. E lui doveva difendersi dalle accuse con risposte menzognere, mentre una sua risposta sincera sarebbe stata: "Lo facciamo perché lo fanno tutti. Adesso veramente io non sono più come tutti, infatti non so perché lo faccio... Rimpiango il tempo in cui la pensavo come quelli del mio ambiente, in ogni faccenda, quindi anche in questa. Mi mettevo intorno una donna che facesse figura, e mi domandavo come sarebbe sembrata al maggiore o al colonnello comandante, se fossero venuti a conoscenza della tresca. Una delle assurdità della vita militare è infatti questa: che le tresche vanno tenute segrete, mentre son considerate onorevoli da tutti... Adesso sono io che comando. Credi che me ne importi qualcosa? Al contrario, ho fatto domanda per andare in pensione il giorno che ho ricevuto la nomina...".

"Non divagare. Torniamo in argomento." "Quale sarebbe quest'argomento?" "Che ti sei messo con me senz'amarmi." Lui protestava subito, affermando che non era vero. Gabriella gli credeva poco: per lei la prova dell'amore sarebbe stata la gelosia.

Glielo diceva sempre:

« Possibile che tu sopporti che io viva con quell'uomo? Te l'ho detto tante volte, scappiamo insieme. Ma tu non ne hai mai voluto sapere. Preferisci restare in questa situazione falsa... ».

Nuove deboli proteste da parte di lui:

« È la vita militare che ci ha abituato alla falsità. Tutti hanno una relazione, ma copertamente. Ufficialmente le amanti non possono figurare; solo le mogli. E siccome non ti posso sposare, perché sei già sposata... ».

« Ora capisco perché hai messo gli occhi su di me. A una ragazza non lo potresti fare lo stesso discorso. »

« Che intendi dire? »

« Che una ragazza saresti costretto a sposarla. Non avresti le scuse che accampi con me. »

« Che discorsi vai facendo. Io mi sono messo con te perché mi piacevi. Non sono stato a fare altre considerazioni. »

Le aveva fatte, invece. La relazione non doveva diventare di pubblico dominio, perché l'avrebbe danneggiato nella carriera, ma egli la considerava sempre come l'avrebbero considerata i colleghi e i superiori, se per caso ne avessero avuto sentore. Gabriella gliel'avrebbero invidiata tutti: perché era formosa, dava nell'occhio (mentre non c'era una più pudica di lei).

Elena no, era sfacciata: ma Elena era ormai sparita dal suo orizzonte mentale. Comunque, lui non era più quello di un tempo. Se ne infischiava dei commenti degli altri. Allora perché faceva come loro?

S'era spogliato di tutte le abitudini mentali, come le opinioni politiche che non credeva avrebbe più rimesso in discussione. Sapeva anche di aver commesso un errore madornale, da giovane, quando aveva scelto di entrare all'Accademia. S'interrogava su quello che avrebbe potuto fare, invece dell'ufficiale dei carabinieri.

Gli era facile rispondere: "Qualsiasi lavoro, che non mi costringesse a mettere le manette alle persone". Subito dopo si diceva che era una risposta insufficiente. Anche le carriere civili erano in qualche modo collegate all'esistenza dello Stato: quello Stato di cui non aveva più nessuna stima.

Ricordava sempre, nei giorni della Liberazione, il segretario comunale che era amico di famiglia e veniva a sfogarsi a casa sua:

«Mi hanno epurato, accusandomi di essere stato fascista. Ma io sono stato solo il servitore del Comune...».

Era stata quella la grande scusante, con cui avevano mandato a monte l'epurazione. Nessuno era stato fascista: erano stati tutti al servizio di qualche organo statale. S'erano messi tutti la camicia nera per impedire che avvenisse di peggio. Come sarebbe indubbiamente avvenuto se col pretesto del fascismo la faziosità si fosse installata dove non si sarebbe dovuta installare...

L'ex segretario comunale se ne faceva addirittura un merito:

«Devono ringraziarmi, per essere rimasto al mio posto negli anni bui della dittatura. Dovrebbero guardare a come mi sono comportato, non al colore della camicia. E allora si accorgerebbero che ho fatto regnare l'equanimità anche se i tempi erano contrari...».

A sentire l'ex segretario comunale, i fascisti erano solo quelli della federazione. Era lì che si annidavano la faziosità e la delinquenza. Inutile cercarle dove non potevano essere, tra gl'impiegati, i militari... Gente rispettabile per definizione.

S'intende, nel suo ceto i discorsi erano stati così solo

all'indomani della guerra, quando sembrava che dovessero prevalere i nemici dell'ordine costituito, i comunisti, la plebaglia. Passato il pericolo, i discorsi erano stati altri, quelli che lui era abituato a sentire durante il ventennio nero. Adesso si facevano tutti un vanto di essere stati sostenitori del regime. Macché servitori del Comune o dello Stato o di quello che vi pare: fascisti, e basta.

"Sono stato fascista anch'io" pensava Varallo. "Nel mio ambiente, eravamo tutti fascisti." Fascisti all'Università; fascisti all'Accademia... Magari in modo coperto: ma da una mezza parola lui aveva sempre saputo quali erano gli umori dei superiori e dei colleghi. Erano tutti del parere che i poveri avevano troppe pretese; che erano stati messi su dai mestatori; che con quelli (coi mestatori o coi poveri) occorreva il pugno di ferro...

Finché il fascismo s'era manifestato in pieno anche nel loro ambiente. Nelle caserme se ne parlava in modo aperto; si facevano gli elogi del generale De Lorenzo che dopo essere stato il comandante generale dell'Arma era diventato deputato del MSI. Si sperava che le forze sane del Paese sarebbero passate presto all'azione: com'era successo nell'altro dopoguerra, quando i sovversivi erano stati rimessi a posto. Adesso per la verità ci s'era inoltrati un bel po' nel dopoguerra. Sembrava che il regime parlamentare fosse sufficiente a contenere la spinta dei sovversivi. Si capisce, non si poteva offrire subito il fascismo agl'italiani appena usciti da una disfatta che era stata opera di Mussolini. Ma se il regime parlamentare si dimostrava debole coi sovversivi, bisognava soppiantarlo. E con che soppiantarlo se non con un regime militare, che non avrebbe nemmeno avuto bisogno di chiamarsi fascista?

Nessun partito avrebbe dovuto più essere ammesso: nemmeno il MSI. Su questo Varallo era d'accordo.

Era stato un controsenso quello del fascismo che, una volta diventato regime, aveva estromesso tutti meno se stesso. Era da lì, da quel partito che non avrebbe dovuto esserci, che era cominciata la corruzione: la quale alla fine aveva screditato il regime, e non poteva essere diversamente.

«A che servono i partiti? C'è lo Stato» diceva sempre il colonnello comandante. E chi più adatto a impersonarlo di un militare?

A quel tempo Varallo era un semplice capitano. Egli condivideva l'opinione del colonnello comandante, non perché fosse il suo superiore, come insinuava Elena, ma perché assolutamente convinto che una dittatura militare dovesse fare pulizia completa sotto di sé. Se avesse avuto bisogno di un partito, che dittatura sarebbe stata?

Dopo tanti anni, gl'italiani non ne potevano più dei partiti. Bisognava dar loro la soddisfazione di vederli andar tutti in malora. Nessuno escluso: nemmeno il MSI. Insomma Varallo era sì fascista, ma con qualche aggiustamento della dottrina, imposto dalle necessità dei tempi...

Imposto anche dall'esperienza. Il regime fascista da ultimo aveva dato cattiva prova, questo non lo si poteva negare. S'era messo contro tutti, anche l'esercito. Non bisognava ripetere gli stessi errori, stavolta si doveva fare davvero un fascio di tutte le energie della nazione.

Poi, erano cominciati i dubbi. Varallo li teneva per sé, non poteva confidarli a nessuno. I suoi orizzonti s'erano allargati: aveva collegato fenomeni che fino ad allora aveva considerato separatamente, come il nazionalismo, particolarmente forte nella sua città, e il militarismo, di cui aveva fatto personale esperienza. Aveva capito che fascismo, nazionalismo e militarismo sono la stessa cosa. Il torto degli avversari era di non averlo capito. Per cui avevano mirato solo a rovesciare il capitalismo: quasi che il capitalismo fosse l'essenza del fascismo... Ma il capitalismo poteva dar vita anche al regime parlamentare, che era il contrario del fascismo. Il regime parlamentare esisteva negli Stati Uniti, in Francia e in Inghilterra, che non per niente erano sempre state le bestie nere di Mussolini. Anche la Russia era la sua bestia nera: e in Russia non c'era nessun regime parlamentare, c'era il socialismo. Il fascismo era troppe cose: antiparlamentare, antisocialista, ma anche filocapitalista (non però in modo dichiarato), nazionalista e filomilitarista (in modo dichiarato)... Bisognava dunque decidersi nell'individuarne l'essenza. E lui, Varallo, aveva deciso, anche se doveva riconoscere che il nazionalismo e il militarismo erano presenti nell'altro campo, quello che combatteva il fascismo. Combatteva il fascismo in camicia nera, non il fascismo eterno, che sarebbe inevitabilmente risorto se fossero stati conservati le nazioni e gli eserciti...

La crisi era durata anni. Alla fine Varallo aveva deciso di disfarsi di tutte le sue antiche convinzioni. Anche della propria carriera: il giorno in cui era stato promosso colonnello, aveva presentato la domanda di dimissioni.

Solo di un'abitudine non s'era disfatto, quella di tenersi intorno una donna. A quale scopo? Se non voleva dimostrare più niente a se stesso e agli altri.

Forse il rapporto a due era una cosa molto diversa da quella che aveva avuto in mente un tempo. Forse aveva ragione Gabriella a dire che due si mettono insieme solo se si vogliono bene. Il guaio era che lui non provava sentimenti di sorta nei confronti di Gabriella. Il solo sentimento che potesse dirsi amore lo aveva provato per Elena. Da allora l'intera faccenda era andata avanti per forza d'abitudine. Adesso non era puntellata nemmeno più dalle convinzioni ideologiche...

"Finché ero fascista potevo dirmi che un uomo s'impone alle donne. Ma adesso?"

Adesso, la sola spiegazione possibile era quella fornita da Elena, che egli insistesse nelle relazioni amorose per occupare in qualche modo il tempo. «Tu sei un disgraziato, peggio di me» gli aveva detto una volta Elena.

Elena avrebbe voluto essere romantica, vedeva nell'esaltazione amorosa la situazione più vitale che possa esserci. S'intende, doveva essere un sentimento vero, non contraffatto. Lei non l'aveva mai provato; e lui l'aveva provato una volta sola, nei suoi confronti.

Elena dubitava delle sue parole. Come ne dubitava Gabriella; il fatto che non ne fosse geloso era la migliore dimostrazione che non l'amava:

« Io che ti amo sono gelosa marcia di te. Se penso che è qui che hai sempre fatto i tuoi comodi... ».

« Di appartamenti ho avuto sempre questo soltanto, era logico che me ne servissi anche come garçonnière. Di letti ti ho sempre detto che prima dormivo di là: su quella branda che ora è appoggiata al muro... »

« Elena, dove dormiva? Nel periodo in cui è stata a casa tua. »

« Qui sul divano: ma ti ho detto che i nostri rapporti son sempre stati sul piano della correttezza. Gabriella, io ti ho raccontato tutto, anche le cose che non mi hanno fatto onore: dovresti essere contenta che tra noi ci sia tutta questa confidenza... »

« Quali sarebbero le cose che non ti hanno fatto onore? »

« Adesso non lo so più cos'è l'onore. Un tempo credevo di saperlo, quando lo collegavo al fascismo. »

« A quel tempo credevi anche che uno dovesse essere geloso. »

« Sì. Adesso ho quasi sposato il punto di vista delle femministe. »

« Non sei geloso di me per questa ragione? » gli domandò Gabriella.

« Non sono geloso perché non sono geloso. Non posso inventarmi quello che non esiste. » Sentiva il bisogno di essere sincero con lei, perché le teneva nascosta la cosa principale.

« Non sei geloso perché non te ne importa niente di me » diceva tristemente Gabriella.

« Questo è un modo di ragionare da fascisti. L'amore non può essere niente di possessivo... Quando uno vuole bene a una persona, non può desiderare altro che sia felice. Uno dev'essere addirittura pronto a tirarsi da parte, per il bene di questa persona... »

« Ecco, tu cambi discorso. »

« Non mi sembra. »

« Ma scusa, parli di politica mentre dovresti parlare di me e di te. »

« Le due cose sono collegate. Il privato non è qualcosa di distinto dal pubblico... Io, a quarantasette anni, ho fatto giustizia del mio passato politico. È quindi cambiato il mio modo di considerare l'amore...»

«Ma non hai fatto giustizia del tuo passato personale. Continui ad avere molte donzelle che ti vengono qui.» Lo guardò male: «Se ce ne sorprendo una sola, la strozzo e poi strozzo te».

«Non potrai sorprendercene nessuna perché non ce ne sono.»

«Allora come mai rifiuti di stare sempre con me?»

«Lo sai che uno dura una certa fatica a spogliarsi delle proprie abitudini. Io, delle mie abitudini di scapolo, mi libero malvolentieri...»

«No, è che in te manca lo slancio, l'entusiasmo... Altrimenti non ti parrebbe vero di accettare la mia offerta.»

"Parli come Elena" avrebbe voluto dirle il colonnello. Non glielo poteva dire: sebbene le avesse raccontato tutto, era inteso che Elena dovesse essere rammentata il meno possibile.

Varallo era sempre stato restio ad abbandonare le sue vecchie abitudini. In questo era un conservatore: anche adesso che aveva deciso di diventare un progressista...

Un giorno, era tornato da poco: quando sentì suonare. Credette fosse Gabriella, venuta magari in leggero anticipo; invece era Elena, che non vedeva da quasi due anni.

«Come va?» gli disse costei, dandogli a stringere la punta delle dita. «È un secolo che non ci vediamo. Io però ti ho seguito da lontano... Ho saputo che hai una nuova fiamma. Come mai non ci stai insieme?»

«Perché mi piace la vita dello scapolo» rispose Varallo. «Vuoi che uno possa cambiare alla mia età?»

«Perché no? Sono cambiate le tue idee politiche? Allora può cambiare anche la tua vita privata.»

«Come fai a sapere che sono cambiate?» domandò Varallo sorpreso.

«Me l'hai detto tu l'ultima volta che ci siamo visti; non te ne ricordi?»

«Sì, qualcosa mi ricordo... È che da allora la crisi s'è

estesa a tutto, compreso il lavoro. M'è diventato antipatico fare il colonnello: in divisa, ci sto il meno possibile, e in caserma, lo stesso... »

« Perché mi tieni in piedi? » gli disse improvvisamente Elena. « Hai paura che ti rompa le uova nel paniere? Lo sai, no, che non hai da temer niente da parte mia. Io non ho mai voluto essere d'intralcio alle persone. Figuriamoci adesso, che ho trovato la felicità con un altro » e gli diede una sbirciata.

« Allora cosa sei venuta a fare? » domandò Varallo.

« A rivedere un vecchio amico: è proibito, forse? Ma tu non mi sembri per niente contento di vedermi: mi tieni qui sulla porta invece di farmi passare nel soggiorno... »

« È che deve venire quella persona: quando ho sentito suonare, ho creduto che fosse lei. »

« Non ha nemmeno le chiavi? Te ne fidi davvero poco. »

« Le ha, le ha: tanto il marito, è come se fossero separati, non le guarda mai nella borsetta. Ma quando pensa che io sia in casa suona sempre. Per non fare la fatica di tirarle fuori lei. »

« Cosa può farglielo pensare che sei in casa? »

« La luce accesa, che trapela dalla porta. »

« È pigra al punto da non tirar fuori le chiavi per aprire? Allora è come te: vi siete accoppiati bene. »

« Se fosse pigra come dici, non attraverserebbe tutta la città per vederci un'ora. » Si mise in allarme: « Bisogna abbassare la voce, da fuori si sente ».

« Ah, sì? Non lo sapevo. Allora il portiere avrà sentito tutto. »

« Si sentono le voci, non le parole. »

« Allora di che ti preoccupi? »

« Non voglio che lei creda che sono in casa con qualcuno. Mi domanderebbe subito chi era, e io sarei costretto a dire che eri tu. »

« Come fa a sapere che esisto? »

« Le ho raccontato tutto della mia vita passata. Tra noi due c'è una confidenza assoluta. »

«Ma da parte tua, niente amore. Non protestare, lo sai che sono una strega, ti leggo nel pensiero.»

«Allora secondo te perché mi ci sarei messo?»

«Perché ti faceva comodo. Tu, per i tuoi comodi, butteresti all'aria il mondo.»

«Elena, tu mi fai più complicato di quello che non sia. Io sono un uomo semplice.»

«Chi dice il contrario? Ho parlato delle tue comodità materiali, non delle esigenze spirituali, che probabilmente non hai. Tu hai bisogno di una donna per il letto. Io, quando mi sono accorta che il tuo sentimento era questo, sono scappata inorridita...»

«Non è vero che nel mio sentimento per te ci fosse solo questo. Ma lasciamo perdere. Ormai è acqua passata.»

«Perché ci siamo accompagnati tutti e due? Ma quello che abbiamo fatto, si può sempre sfare.»

«Niente affatto» rispose Varallo. «La vita lega. È quello che tu non hai mai voluto capire...»

«In che modo legherebbe? Dando a un uomo certi diritti sul corpo di una donna?»

«Anche in quello.»

«Io invece non mi sento affatto legata in senso materiale. Anche dopo essere stata a letto con la persona di cui ti ho parlato, mi sento libera come prima. È questo che apprezzo soprattutto in lui, di non avermi imprigionata.»

«Vedo che hai sempre l'abitudine di spaccare il capello in quattro» disse Varallo scontento. Pochi minuti erano bastati a rimettergli sotto gli occhi i difetti della ragazza. Sarebbe stato uno stupido se per conservare l'amicizia con Elena (a cui non teneva) avesse compromesso l'amore per Gabriella.

Era un amore tanto per fare, come insinuava Elena? E sia: ma cosa ne capiscono le donne di quelle che sono le necessità degli uomini? Un uomo ha necessità di una donna: non c'è bisogno di nessuna inclinazione da parte sua perché possa andargli bene a letto.

Era un cinico a pensarla così? Ma allora tutti gli uomini sarebbero cinici. Giacché una certa parte dell'anatomia femminile, era il loro chiodo fisso. Lo provavano i discorsi che facevano, i libri che leggevano, i film che andavano a vedere... A quella cosa lì, ci si poteva pensare con compiacimento, e questo punto di vista ormai lui l'aveva ripudiato; o ci si poteva pensare con distacco. Il risultato era lo stesso, la freddezza.

Che le donne non capiscano niente degli uomini, lo vedeva anche con Gabriella: la quale era sempre a fargli domande sulle sue relazioni passate. Si meravigliava che fossero state tante, e quasi tutte senz'amore. « Gilda? Ma quella non l'amavo » rispondeva Varallo. « Anche Elena, l'ho amata solo per un certo periodo. Poi mi son detto che non ne valeva la pena, se dovevo soffrire come soffrivo. » « Ti faceva soffrire il fatto che Elena non ti corrispondesse. È stata una specie di rivalsa quella valanga di donne che hai avuto in seguito... Tra le quali potrei esserci anch'io. » « No » rispondeva Varallo. « Te ti amo, lo sai bene. »

« Non lo so per niente. Mi sembra che il tuo modo di comportarti non sia quello di un innamorato. »

« Gabriella, non ti vuoi convincere che io sono un uomo anziano... Un giovane, lo so, si comporterebbe diversamente. Ma chi ha già molta vita dietro di sé... »

« Vuoi farmi credere che sei una persona assennata? »

« Niente affatto. Voglio farti capire che sono schiavo delle abitudini. »

« Non ci rinunceresti, per me, ai piaceri della vita da scapolo? »

« Ora non mettermi un dilemma. Te l'ho detto, no, che Elena aveva la mania di crearmi questi falsi problemi. Mi domandava: Se per arrivare a me dovessi passare su un cadavere, lo faresti? Comunque le rispondessi, mi esponevo alle sue critiche. »

« Cosa vorresti farmi credere? Che non andava bene per te? »

« È proprio come dici. »

« Io invece ti vado bene, vero? Il mio solo difetto è di amarti troppo. »

« Non è un difetto, è un pregio » asseriva lui.

Ogni tanto dava un'occhiata all'orologio: non voleva che Gabriella arrivasse e ci trovasse Elena. Che dovette accorgersi di quei maneggi, perché gli domandò:

« È puntuale la fanciulla? ».

« Quale fanciulla? »

« Andiamo, lo sai benissimo di chi stiamo parlando. Di quella che deve venire qui alle sette. » Si battè in fronte: « Che stupida, è il contrario di me, quindi è puntuale per forza. Io ti ho sempre fatto ammattire per gli orari, lei, invece, scommetto che non ti ha fatto arrabbiare una volta... ».

Varallo le mise sotto gli occhi l'orologio:

« Mancano solo cinque minuti alle sette, la fanciulla (come la chiami tu) può capitare da un momento all'altro ».

« In caso, sparisco. »

« In che modo? Lo sai che non c'è l'uscita di servizio. »

« Mi rifugio in cucina. »

« Brava, è il primo posto dove mette piede. »

« Allora in bagno. »

« Potrebbe averne bisogno lei. »

« In terrazza » esclamò Elena. « O mette il naso anche lì? »

« No, lì non c'è mai andata. »

« Non te li cura lei i fiori? Allora chi? »

« Nessuna. Non ho più nemmeno un vaso. Mi sono seccati tutti. L'inverno scorso, che gelò addirittura. »

« E lei non te ne ha messi degli altri? Si vede che non ha l'animo poetico. »

« Lei pensa, ma alle cose pratiche. Mi prepara da mangiare, mi tiene in ordine la biancheria... »

« E tu, era proprio quello che desideravi. Lo vedi che ho fatto bene a tirarmi da parte. A te ci voleva una donnina che pensasse a queste cose e avesse l'orologio in testa... Ma tu smettila di guardarlo, adesso che ho deciso di rifugiarmi in terrazza puoi stare tranquillo. »

« Starei più tranquillo se te ne andassi. »

« Mi vuoi proprio cacciare via, allora » disse Elena

contristata. « Ora appena ho finito la sigaretta me ne vado. Sei contento così? »

Non ebbe tempo di farlo: risuonò una scampanellata, e lei si rifugiò in terrazza. Prima di aprire, il colonnello nascose il mozzicone che fumava ancora.

Gabriella gli sorrise abbracciandolo:

« Mi aspettavi? » gli disse. « No, tu non mi aspetti mai, non sei mai contento di vedermi. Perché devo essermi andata a innamorare di te, dico io. »

« È semplice: perché tuo marito, non lo potevi più vedere. »

« Mica sei il solo uomo al mondo: potevo innamorarmi di un altro, che mi volesse bene veramente. Mica come te, che fingi e basta. »

« Ora questa è un'idea tua. »

« È un'idea che m'è venuta, perché tutto me lo lascia credere. »

« Non sei contenta di vedermi? Allora perché fai questi discorsi. »

« Io vivo tutta la giornata con l'idea che ti vedrò; tu, invece, questo momento, vorresti che fosse già passato. Ti ci vedo che tiri un sospiro di sollievo appena me ne sono andata. Ti dici che fino a domani non avrai più questa noia... »

« Per me non è una noia fare all'amore con te, lo vuoi capire? » Senza volerlo, aveva alzato la voce; poi il pensiero di quella testimone importuna in terrazza tornò a renderlo prudente. Parlava piano, tanto che a volte Gabriella non capiva.

Stava replicandogli che l'intermezzo amoroso poteva anche riuscirgli gradito; ma la sua vista, no:

« Per me invece è già tanto poterti vedere ».

« Vuol dire che oggi ci vedremo e basta. Niente amore, insomma: così ti dimostrerò che non sono interessato solo a quello. »

Non voleva che Elena li sentisse sul letto. Adesso che aveva raggiunto il suo scopo, fece passare l'amante nel soggiorno. Avrebbe voluto condurla subito in cucina: così sarebbe stata fuori della portata degli orecchi e degli occhi di Elena. Ma Gabriella volle sedersi un momento sul divano:

« Ci sto volentieri, anche se suscita il mio sdegno ».

« Perché? » domandò ingenuamente il colonnello.

« Perché t'è servito a farci i tuoi comodi. »

« Ora non mi serve più, lo sai. »

« Dovrei essere tanto stupida da fidarmi di te? Scommetto che di là ce n'è un'altra » e fece un gesto vago in direzione del bagno, della cucina o della terrazza.

« Come mai ti sarai fatta l'idea che sia un dongiovanni. »

« Perché è la verità. L'occasione fa l'uomo ladro, dice il proverbio. E tu, bello come sei, fai girare subito il capo alle donne. »

« Ti sei innamorata di me, e pensi che sia successo lo stesso anche alle altre. Ma le altre di me se ne infischiano, mi pare di avertelo raccontato. »

« Certo, quella Elena si comportò in modo abbominevole con te. Ma non devi giudicare tutte le donne da lei. Le altre sono normali, come me... »

« Io non ci credo più a questa categoria della normalità. Ma scusa, ti sembro normale io, che alla mia età ho cambiato idea su tutto? »

« Io mi sento normale » disse Gabriella.

« Che vuol dire sentirsi normale? »

« Vuol dire apprezzare le doti fisiche: tu ne hai talmente tante che se anche ne avessi qualcuna in meno saresti lo stesso un uomo da amare. Sei alto, forte, sei anche dotato per quello che riguarda la fatica amorosa... »

« La forza fisica, la devo alla vita militare, cioè a quella che considero la mia disgrazia peggiore. »

« L'altezza, l'avrai avuta anche prima di andare sotto le armi. »

« Darei venti centimetri di statura per non aver commesso quello sbaglio. »

« Non ci credo. E poi, militare o civile, credi che ci sia differenza? Hai sempre i superiori alle costole. Lo vedo con mio padre, che ha fatto l'impiegato di banca. Da ultimo non ne poteva più, andò in pensione proprio per quello: perché nessuno potesse più dargli ordini...»

« È una considerazione che faccio sempre anch'io; ma non m'impedisce di credere di aver sbagliato tutto nella vita.»

« Eppure, avevi disposizione per la vita militare.»

« Sì. Ero fascista: sai, nella mia città, era facile esserlo. Credevo che il fisico fosse la cosa più importante... Ringraziavo Dio d'essere alto e senza difetti.»

« Anche le idee sulle donne, te l'eri fatte allora.»

« Te l'ho detto, si compendiavano nella frase: tutte le donne sono puttane, meno mia madre e mia sorella.»

« Tu ne hai tre, di sorelle, avrai parlato al plurale.»

« Ero un conformista della più bell'acqua... E stando lì dentro, che il cervello non hai davvero modo di usarlo molto, il mio conformismo s'è accresciuto... Io non voglio dire, anche le carriere civili avranno i loro inconvenienti: uno potrà sentirsi solo una rotellina dell'ingranaggio... È una società sbagliata: e lo sbaglio più grosso, è la vita militare. E io sono andato proprio a far quella!»

« Per te è importante solo la crisi che ti ha cambiato.»

« Che c'entra: anche tu fai parte di questa crisi. Elena, per esempio: era intelligente e tutto, ma mica ha cercato di levarmi certe idee dalla testa» aggiunse alzando la voce. «Adesso credo di capirla: la sua intransigenza è solo apparente. Minaccia tuoni e fulmini alle istituzioni, ma poi, è contentissima che ci siano. Io le davo affidamento perché ero un ufficiale dei carabinieri. Dio ne guardi sapesse che ho chiesto di andare in pensione...»

« Mica lo sa?»

« Come fa a saperlo, se non l'ho più rivista.»

« Ci pensi sempre?»

« Non ci penso mai.»

« Oggi comunque mi sembri più freddo del solito: dev'esserci una ragione.»

Varallo brontolò qualcosa a proposito del servizio.

« E te ne dài tutto questo pensiero? Adesso sei con me, non devi avere queste preoccupazioni.»

« Lo sai che il servizio lo trascuro: il pomeriggio in caserma ci faccio appena una capatina... Il mio predecessore ci stava fino alle otto e mezzo. »

« Se facessi quegli orari, non ci potremmo vedere: perché io sono libera solo fino alle otto. »

« Lo so che hai una casa a cui badare. Giusto, tuo marito non ti domanda mai dove sei stata? »

« Te l'ho detto quali sono i nostri rapporti: conviviamo, e basta. Io gli faccio da donna di servizio, lo metto a tavola alla sua ora... Lui, a mezzogiorno, legge il giornale, e la sera, guarda la televisione... Sai, quando torno a casa è già cominciato il programma... »

« Ma il giorno tuo marito è in casa: ti sente quando esci. »

« Mi sente sì: ma non mi fa mai domande. »

« In caso, che gli risponderesti? »

« Che non sono fatti suoi. Ed è vero, tu sei un fatto mio e basta. Gli altri non devono nemmeno sapere che esisti. Purtroppo le donne lo sanno... »

« Quali donne? »

« T'ho già detto che sulla parola non ti credo. Oggi comunque devi averne una in testa... Diventi rosso? Segno che ho colto nel segno. »

« Non sono diventato rosso per niente. A proposito, sarà ora che mi prepari cena. »

« Cambia discorso che ti conviene » rispose Gabriella alzandosi. La seguì in cucina. Una volta lì, si sentì in salvo; e riacquistò di colpo la disinvoltura e la franchezza dei modi. Per prima cosa la abbracciò.

« Ecco, io perdo subito la testa » disse Gabriella. « Sono un giocattolo nelle tue mani. Basta che tu mi abbracci, non capisco più niente... »

« Sei felice con me? »

« Tanto. Non avresti nemmeno bisogno di domandarmelo, dovresti saperlo da te. L'amore rende felici... »

« Rende anche infelici, quando è accompagnato dalla gelosia. »

« Non è certo di me che stai parlando, dato che non sei geloso. A chi ripensavi? »

« A nessuna. Parlavo così, in generale. »

« Tu non parli mai in generale. Tu fai sempre riferimento a una situazione tua. »

« In questo caso, dicevo tanto per dire. » Gli tornarono in mente le parole di Elena, che lui l'amore lo faceva tanto per fare: e si perse in una meditazione. Gabriella se ne accorse:

« Quando sei con me, non devi pensare a niente. Possiamo stare insieme tanto poco! E tu, dopo che sono andata via, hai tutto il tempo per pensare a quello che ti pare meglio. Oh, non credere che quando staremo insieme, avrò le pretese che ho adesso: allora mi contenterò che tu dedichi a me solo una piccola parte della giornata... ».

« Stavo ripensando a quando ci siamo conosciuti » mentì Varallo. « Cosa ti piacque di me? »

« Per prima cosa m'impressionò la bellezza. Sul serio, non credevo che mio marito m'avrebbe portato in casa un uomo così bello... »

« Allora eravate sempre uniti » disse Varallo.

« Dormivamo insieme » precisò Gabriella « ma la crisi del nostro matrimonio era già cominciata. Lo sai mio marito cosa mi rimproverava? Di non avergli generato figli... Diceva di essersi sposato solo per quello... Di' la verità, tu ti sei messo con me per la stessa ragione. Cioè, per la ragione inversa: perché non resto incinta... »

« Quando ti conobbi, sapevo assai di queste cose » disse Varallo.

« Che non avevo figli, lo sapevi. »

« Ma non sapevo quale fosse la causa. Poteva darsi che prendeste le vostre precauzioni... »

« Precauzioni non ne abbiamo mai prese, perché mio marito i figli li voleva. Mi fai rabbia: ascolti come se niente fosse... Dopo tutto, ti sto parlando dei miei rapporti coniugali. »

« Cosa dovrei fare, dare in escandescenze? »

« Confessa che non te ne importa un bel niente, che abbia avuto marito. »

«Ti confesso che non do più importanza a queste cose.»

«Invece vorrei che tu gliene dessi ancora.»

«Scommetto che ti dispiace anche che tra poco appenderò la divisa a un chiodo.»

«Perché? Se quando ti ho conosciuto eri in borghese... Sai quando mi piaci di più? Quando sei senza niente addosso. Mi piace accarezzarti le braccia, le spalle... Sei l'uomo più robusto che abbia mai conosciuto.»

«Chissà quanti ne avrai visti, sulla spiaggia di Ostia. Non mi hai detto che andavi sempre lì?»

«Per quello, anche in altri posti. Ma se tu non mi stai a sentire quando parlo...»

«Ti ho portato in cucina perché mi facessi la cena, non per continuare la chiacchierata.»

«È tanto tardi?»

«È tardi per te» precisò il colonnello. «Tra poco sono le otto.»

«No, è che non vedi l'ora di mandarmi via. Stasera hai anche più fretta del solito.»

«Ora questa è una cosa che ti sei messa in testa tu.»

«Stasera hai qualcosa che mi nascondi. Dovrò scoprire di che si tratta. Ma su, mettiamoci intorno ai fornelli. Tu siediti lì, per piacere. Ci resta poco tempo da stare insieme, che possa per lo meno vederti.»

«Avresti voluto fare qualche altra cosa?»

«A me basta vederti, lo sai. Solo che appena arrivata mi dico che dopo un'ora devo andar via... Sai qual è il momento più bello della giornata? Quando mi preparo per venire da te. E quando sono in viaggio sulla circolare...»

«È inutile, l'attesa è sempre più bella della cosa che ci attende. L'ha detto anche Leopardi.»

«Ti sei messo a rileggerlo?»

«No, lo ricordo da quando andavo a scuola.»

«Tu invece mi sa che non spasimi per niente in attesa che io arrivi. Ti ci vedo qui, serafico, indifferente...»

«Io alle sei e mezzo torno dall'ufficio; e, per prima cosa, mi metto subito in borghese...»

«Potresti farne anche a meno, di quello spogliarello lì. Tanto, ne fai subito un altro...»

«Oggi però non l'ho fatto.»

«Perché hai accampato una ragione che non mi ha persuaso punto. Credo che fosse una bugia bella e buona...»

«Che bugia?» balbettò Varallo.

«Andiamo, ti conviene che non torni più sull'argomento. Scostati, che ti devo apparecchiare. Che ore sono, le otto meno dieci? Non posso nemmeno sedermi cinque minuti a vederti mangiare? Mi piace tanto guardarti...»

«Giusto, non hai concluso il discorso sulla prima impressione. Hai detto solo che fosti colpita dall'aspetto fisico: non t'impressionarono altre cose?»

Gabriella fece un cenno di assenso:

«Il fatto che fossi sempre un bell'uomo, malgrado l'età. Quando mio marito mi disse che avrebbe portato in casa un maggiore dei carabinieri, lo immaginai con la pancia e gli occhiali... Tu smentisti subito l'idea che m'ero fatta di te. Secondo: dicesti molte cose interessanti... Mi sono accorta solo in seguito che l'età è un vantaggio: perché ti permette di sapere una quantità di cose...».

«Per la donna non è certo un vantaggio.»

«È giusto quindi che tra l'uomo e la donna ci sia una notevole differenza di età, come tra noi due.»

«È giusto e non è giusto. Io, per essere anziano, mi conservo abbastanza bene; ma penso come sarò tra dieci anni. Può darsi che il mio fisico crolli, e allora, addio tutto il mio fascino. Quello della divisa sta per venir meno: lo sai, no, che ho fatto domanda per andare in pensione.»

«Il fascino della divisa non so in che consista, ti ho visto pochissime volte vestito da carabiniere. Ti ho sempre visto in borghese, o anche svestito.»

«Ora alle otto ti mando via: altrimenti fai troppo tardi.»

«Tu hai sempre fretta di mandarmi via» disse Gabriella scontenta. «Sapessi come ci torno malvolentieri a casa... che poi, è inutile che ci torni. Mio marito non lo desidera davvero. Se tu lo desiderassi, potrei passare la notte qui... »

Varallo si allarmò:

« Appena sarò in pensione, ci metteremo insieme. Ma tu, intanto, inizia le pratiche per il divorzio... ».

« Dovrei mettermi d'accordo con mio marito. Per l'appunto ci parliamo a fatica... »

« Vedrai che ti darà subito il consenso. »

« Lui è come te: s'è adagiato in questa situazione, e non desidera cambiarla. »

« Lo vedi che abbiamo qualcosa in comune. »

« In questo; ma in tutto il resto... »

Le otto erano passate da un pezzo, ma il colonnello non osava ricordare l'ora a Gabriella. Finì di mangiare, si pulì la bocca col tovagliolo e si stirò.

« Mamma mia, com'è tardi » disse finalmente Gabriella. « Io bisogna che vada. Mi accompagni fino alla porta? Anche stasera, il tempo m'è passato in un lampo... »

« Via libera » disse Varallo, salendo i tre scalini che immettevano sulla terrazza. Questa era costruita sopra un garage: le rare volte in cui lui ci stava, sentiva il rumore delle macchine in entrata e in uscita.

Una forma oscura emerse dalle tenebre e gli venne incontro:

« Finalmente » disse. « Mi annoiavo e avevo anche un po' freddo. Lo sai che m'era venuta voglia di attraversare in punta di piedi la sala e svignarmela alla chetichella? »

« Perché non l'hai fatto? Avevi paura che quella ti vedesse? Lo sai che dalla cucina non si può vedere. »

« Finché eravate in sala sentivo i vostri discorsi ma dopo che siete andati in cucina non ho sentito più niente... Mi distraevano i rumori delle macchine e le voci di questi uomini. »

« Quali uomini? »

« Cosa vuoi che ne sappia? Saranno stati i garagisti. Tu però la macchina la tieni in un altro garage... »

« Sì. Questo è un garage nuovo, pretendono troppo. Di', ma tu non hai fretta di tornare a casa, la sera? »

« No, la sera mai. *Lui* fa il giornalista, sta fuori quasi tutta la notte. » Quale fosse il suo nome, non glielo volle dire. Varallo scrollò le spalle: "Figuriamoci se me ne importa qualcosa."

Non gliene importava più niente di Elena, era inutile quindi che lei facesse tutti quei misteri.

« Ho sentito che parlavate male di me » disse Elena. « Tu ne hai il diritto, lo riconosco; ma lei? Che non mi conosce nemmeno. »

« S'è fatta un'idea di te dai miei racconti. Non le ho nascosto niente: nemmeno che ti amavo e che avrei voluto sposarti. »

« Se dici le stesse cose anche a lei. »

« Le dico perché le penso. Tu credi che l'amore sia solo come l'immagini tu: con la gelosia e tutto il resto... »

« Per questo, ho sentito che anche lei la pensa così. »

« È uno sbaglio. L'amore può essere in tanti modi. Io per esempio di te ero geloso, di questa invece no. »

« Perché non l'ami. »

« Oh, ma è una tua fissazione. »

« Chiamala pure così, se ti fa piacere, io credo invece che sia la verità. L'amore è una di quelle abitudini che t'è rimasta... probabilmente la sola, dopo lo sfacelo di tutte le altre. »

« Con alcune ci sono andato solo per abitudine; diciamo meglio, per vizio. Ma con questa è stata diversa fin dal principio. »

« Andiamo, t'ho sentito stasera e non mi sembrava proprio che morissi dalla passione. »

« Il mio comportamento di stasera non fa testo: sapevo che c'eri tu ad ascoltare. »

« Per questo l'hai portata a fare l'elogio delle tue doti fisiche. »

« Non ricordo nemmeno più quello che s'è detto. A ogni modo devi sapere che m'importa solo di lei... Di te non me ne importa più nulla. »

« Non ci credo » lo contraddisse Elena.

« Ma se lo dico io... »

« E io credo poco a quello che uno dice. Una certa intelligenza me la riconoscerai, spero. Un tempo me la riconoscevi. »

« Ma ora sono cambiato. Ho cominciato a far funzionare il cervello anch'io. Un tempo ti potevo credere intellettualmente superiore; ora non lo credo più. »

« Saresti tu superiore a me? »

« Siamo pari. Non sono più in soggezione davanti a te. »

« La parità, in fatto d'intelligenza, è una cosa che mi convince poco. Sarà doverosa in altri campi, in questo no. »

Dopo un po' disse:

« Vedo che ho perso tutto l'ascendente intellettuale che avevo su te... Me ne posso anche andare, stando qui ti do fastidio. Non ti dai nemmeno la pena di smentirmi... ».

« Perché dovrei smentirti? È la verità. Sono contento che tu ci sia arrivata da sola, mi sarebbe stato penoso dirtelo. »

« Gabriella, quando arriverai a capire che non l'ami? »
Non ebbe risposta, e allora se ne andò.

Varallo, a quell'ora, era solito guardare la televisione. C'era un programma che gli stava a cuore, era tutto il giorno che andava pregustandolo; ma non accese l'apparecchio. Riandava col pensiero agli avvenimenti della giornata, che gli avevano permesso di capir meglio il passato. "Elena mi sembrava superiore intellettualmente quando non pensavo per conto mio. Adesso vorrebbe mettere becco nelle mie faccende, con la scusa che non sono in grado di capire. Invece sono in grado di capire benissimo. Per Gabriella non provo quello che ho provato per lei; ma questo non vuol dire che mi ci sia messo tanto per fare. Elena ha il vizio di voler entrare nella testa delle persone. Nella mia testa di un tempo c'entrava facilmente ma in quella d'oggi no. Perciò è indispettita, perché non può recitar la parte della prima donna. Si sente inutile. S'è resa conto, finalmente, che non ha più nessun ruolo da esercitare: è questo che la indispettisce."

Alle cose sue sapeva pensarci benissimo da sé. Era inutile che volesse stabilirlo lei, come dovesse essere il suo comportamento nei confronti di Gabriella. "Non sono più minorenne. Elena andava bene nella fase precedente della mia vita, quando avevo certi pregiudizi in testa; ora ci vuole Gabriella. Cioè una creatura buona, dolce, che mi stia al fianco e che mi voglia bene, semplicemente e naturalmente."

Appena in pensione, sarebbe andato a vivere con lei. Come sarebbe stata la loro vita? Non sapeva figurarsela, era sempre vissuto solo.

Adesso però la vita da scapolo gli pesava. La trovava insulsa. Se uno non viveva per un'altra persona almeno, che senso aveva la sua vita?

II

Un giorno il colonnello aveva fatto tardi: non che fosse uscito dopo dal suo ufficio, ma l'aveva tentato l'idea di arrivare da una sua sorella ammalata; poi la fiumana di macchine lo aveva scoraggiato a proseguire. Ma invece di raggiungere i viali esterni, aveva attraversato il centro: restando un'altra volta schiavo del traffico, che a quell'ora era intensissimo. "Almeno del centro, ne dovrebbero fare un'isola pedonale" aveva bofonchiato il colonnello. Sarebbe stato un errore parlarne con Gabriella: per lei ogni discorso che non avesse attinenza col loro contrasto, era un diversivo inammissibile. E una giustificazione per essere arrivato in ritardo. Per l'appunto, era arrivato in ritardo anche il giorno avanti: ma lì, era stato per aspettare una comunicazione del superiore ministero, che gli era stata promessa per le sei e mezzo. Aveva aspettato che fossero le sette per uscire. L'aveva raccontato subito a Gabriella, che non era stata nemmeno a sentirlo: « Quante storie per farti scusare d'esserti presentato a quest'ora. Io invece non ti scuso un bel niente ». « Non ci credi che sono rimasto in ufficio ad aspettare una comunicazione che non è venuta? Riguardava il mio collocamento in pensione, cioè, riguardava noi. Prima sarò collocato in pensione, prima ci potremo mettere insieme. » « Non ci metteremo insieme un bel niente, ormai io te l'ho detto cos'ho deciso di fare. » « È una decisione insensata. Tu ami me, non avrebbe senso che mi lasciassi. » « Sicché dovrei crederti quando dici che sei rimasto in ufficio ad aspettare una telefonata per la tua pensione. » « Sì. Il mio torto è quello di aver fiducia nelle persone.

Ti dicono: Domani sera immancabilmente ti chiamo per dirti l'esito del mio colloquio col ministro... » « E io ti dovrei credere. Bugiardo. » « Senti, Gabriella, questa faccenda sta più a cuore a me che a te. Non ti racconto una storia per un'altra. Perché ti sei messo in testa che abbia ritardato apposta? » « Perché sapevi che c'ero io ad aspettarti. » « Potevo non venire per niente. » « Sei venuto con un quarto d'ora di ritardo, ti sembra poco il guadagno che ci hai fatto? In questo modo ti risparmi un quarto d'ora della mia compagnia. » « Tu non ti vuoi convincere che sono dotato di libero arbitrio, per cui posso decidere di stare con te oppure di non starci. » « Anch'io sono dotata di libero arbitrio. Per cui, se ho preso la decisione di lasciarti, l'ho presa e basta. » « Sì, e poi torni da me, alla solita ora. » « Cosa intendi dire? » « Che il tuo comportamento smentisce le tue parole. Tu ormai sei abituata a vedermi e non ne sapresti più fare a meno. Quando è l'ora, esci di casa. » « Tu ti fidi troppo delle abitudini. Pensi a me come a un'abitudine. Ma io non voglio diventarlo, hai capito? » « Chi dice il contrario? Per questo ho esitato tanto prima di prendere la decisione di metterci insieme. » « Hai esitato tanto perché non mi ami. » « Niente affatto. Ho esitato tanto perché non volevo sciupare l'amore. Ma ti ho amata fin dal primo momento in cui ti ho conosciuta. Appena ti ho vista, ho deciso subito che eri la donna adatta per me. E anche tu, l'hai deciso subito che ero il tuo uomo. Sicché è un controsenso la decisione che avresti preso adesso, di lasciarmi... » « Lo sai bene che non è una decisione che abbia preso a cuor leggero. Lo sai bene che mi costerà molta sofferenza... Tu invece tirerai un sospiro di sollievo. Non ti parrà vero di esserti liberato di questa rompiscatole tanto a buon mercato. » « Ti vuoi convincere una buona volta che non sono più un ragazzino? Che faccio quello che mi pare e piace? » « Se dici le bugie, vuol dire che sei sempre un ragazzino. Le bugie le dicono i ragazzini. » « Se ho fatto tardi per aspettare che quel tale mi telefonasse, non era davvero una bugia. Ho lasciato detto che semmai mi passassero la comunicazione a casa. Per caso, hanno telefonato? » « No. Ma poi, avresti dovuto domandarmelo subito. Lo vedi che non è vero niente? » « Gabriella, tu hai il torto di farmi simile a te. Tu pensi sempre a cosa fai; io, invece, sono sbadato... »

Il giorno avanti c'era stato un litigio per il ritardo di un quarto d'ora: tanto che il vicino aveva bussato alla parete. Adesso il ritardo era di mezz'ora abbondante: "Chissà come mi accoglie. Comincerà col darmi del bugiardo, mi pare di sentirla. Non ci vorrà credere che prima sono andato verso la casa di mia sorella, e poi sono tornato indietro. Sapendo che ho in odio la macchina, non vorrà credere che ci sono stato tutto questo tempo. Tanto più che non sono andato in nessun posto".

Varallo si rimproverava di non essere andato dalla sorella: "Ormai c'ero quasi. In caso, avrei avuto una testimone a discarico. E poi, uscendo, mi sarebbe venuto in mente di passare dai viali. Avrei trovato la strada molto più libera e sarei arrivato a casa in un batter d'occhio".

Comunque, non voleva farla tanto lunga nel descrivere le sue peripezie a Gabriella: "È inutile per esempio che le dica che c'era una lunga fila di macchine ai semafori. Bisognava fermarsi e poi andare a singhiozzi..." L'avrebbe interrotto subito: "Cosa stai a pensare ai semafori quando c'è di mezzo il nostro avvenire".

Era il secondo giorno che arrivava in ritardo: Gabriella non avrebbe voluto sentire scuse. Sarebbe stata offesissima. Varallo si dava dell'imbecille: "Cosa mi sarà preso di andare da mia sorella. Potevo andarci in un altro momento. Mi sembrava presto, e che ce l'avrei fatta per le sette meno un quarto...".

Adesso che Gabriella non gli si concedeva più, aveva anche meno voglia di rientrare. Lo attendeva un litigio, l'ultimo e il più grave della giornata.

Invano lui tentava di ricondurla alla ragione. Non ne voleva sapere di ragionare. "È inutile, le donne ragionano con l'utero" pensò il colonnello. Un discorso del genere non avrebbe potuto farglielo, sarebbe andata subito in bestia.

"Cosa ci viene a fare? A insultarmi, è ormai il suo

solo piacere. Io invece che non ne voglio sapere di questi litigi, ritardo sempre il momento di vederla. M'invento che devo aspettare una telefonata, o che devo andare a vedere come sta mia sorella..."

Gabriella non l'accolse in nessun modo: la porta era spalancata, la luce accesa e c'erano persone che lui non conosceva. Il solo che conoscesse, il portiere, gli sbarrò il passo:

« Non stia a entrare, signor colonnello ».

« Perché? Che è successo? »

« Una disgrazia. Dev'essere accaduta mentre io ero fuori. M'è toccato chiamare la polizia. »

« Una disgrazia alla signora che mi aspettava? »

« Sì, una disgrazia alla signora che aveva la chiave. Io sono arrivato a cose fatte: la porta era spalancata, la luce accesa, non ho potuto fare a meno di entrare... E mi son trovato davanti a quello spettacolo spaventoso... »

« Che spettacolo? Si vuol spiegare, una buona volta? Non sono un ragazzino, che le cose non gli si dicono mai tutte insieme. »

« La povera signora era stata uccisa a colpi di rivoltella: giaceva riversa sul divano. Prima mi sono accertato che non ci fosse più niente da fare, poi ho chiamato la polizia. Venga da me, si risparmi lo spettacolo. Perché immagino sia sempre nella posizione in cui l'ho trovata io. »

Il colonnello si lasciò condurre nell'abitazione del portiere. La moglie e la figlia di questo gli furono subito intorno, affettuose, comprensive. Gli offrirono un caffè. Varallo si sorprendeva che in un momento simile i suoi pensieri prendessero una piega tanto frivola: al punto da fargli considerare con grande interesse l'abbigliamento delle due donne, e lo stato della tappezzeria.

"Come mai in questo stambugio hanno la carta da parati? Eppure si tratta di un appartamento nuovo. Quel rivestimento lì usava negli appartamenti di una volta. Ricordo che a Trieste in sala ne avevamo una coi fiorellini azzurri... Le discussioni che ci furono in casa quando si trattò di cambiarla. Mia madre era favorevole, mio padre no. Lui era contrario ai cambiamenti. Diceva che era sempre nuova. Mia madre invece era dell'idea che ogni tanto nelle case si deve svecchiare... anche se le cose potrebbero servire un altro po'. Io la pensavo come il babbo, naturalmente. E questa carta, com'è? A fiori anche lei, ma il fondo è giallognolo... Il curioso di queste carte è che il disegno viene ripetuto moltissime volte: sicché guardarne un quadratino è come guardarla tutta."

Si disse anche che la figlia del portiere era una gran bella ragazza. L'aveva sempre vista vestita da fuori (incontrandola nell'atrio o vedendola dal terrazzo) e s'era detto che dava nell'occhio ma si sarebbe sfasciata presto. "Basta che prenda marito e abbia un figlio, addio."

Aveva già la tendenza a ingrassare: come dimostravano le gambe grosse e i rotoli di grasso intorno alla vita. Vestita da casa faceva comunque molta più figura.

A un tratto gli venne in mente che quei poliziotti andavano avvertiti dell'arrivo del padrone di casa; e lo disse al portiere. «Ci penso io, signor colonnello» disse cerimoniosamente il portiere, e sparì alla sua vista. La moglie e la figlia restarono a tenergli compagnia.

Gli sembrava che la ragazza lo guardasse con insistenza. Doveva aver sentito fare molti discorsi in casa sulle donne del colonnello. Con questa durava da più tempo: si sarebbe conclusa, infatti, con loro due che sarebbero andati a stare insieme. Varallo non ne aveva parlato con nessuno, ma ormai la sua decisione era presa.

È vero che Gabriella s'era messo in testa di lasciarlo ma lui non dava peso alle sue parole. Sapeva che gli sarebbe stato facilissimo ricondurla alla ragione.

Ed ecco, il proposito di andare a vivere insieme, la sua ferma decisione e per contro l'irrigidimento di lei, era tutto finito nel nulla. Varallo cominciava a rendersi conto della morte di Gabriella.

Il portiere tornò con uno che Varallo conosceva di vista. Alla fine capì: era il commissario del quartiere.

Che lo salutò cerimoniosamente:

« Scusi tutto questo trambusto, signor colonnello. Le abbiamo invaso la casa. Ma sa, avevamo il dovere di farlo... ».

« Eh, mi rendo conto » disse il colonnello. Si ricordò di quello che si dice sempre in simili frangenti: « Mi consideri a sua disposizione ».

« Infatti devo farle qualche domanda. A che ora è tornato? »

« Alle sette e trentacinque. Tenevo d'occhio l'orologio, sapendo che la signora mi aspettava alle sette. »

« Che idea s'è fatto del delitto? »

Il colonnello allargò le braccia:

« Nessuna. Per il momento m'è sembrata solo una cosa atroce ».

« Capisco, lei più che altro ha pensato alle conseguenze di un fatto così efferato. Perché, a quanto mi ha riferito il portiere, la signora veniva spesso... »

« Tutte le sere. Eravamo intimi; dovevamo sposarci. La signora era già sposata, ma appena avesse ottenuto il divorzio... »

« Scusi se le ho fatto la domanda, capisco che le ha risvegliato una quantità di brutti ricordi. Ma sa, noi abbiamo il dovere di spiegarci le cose. Mi scusi anche se le abbiamo invaso l'appartamento. Io bisogna che ci torni, sono appena arrivato. No, lei è meglio che per ora non venga affatto... Anzi, è meglio che vada a dormire in albergo... »

« Prima mi dica una cosa: lei come lo spiega il delitto? »

« Un ladro non può essere stato. Metta che la signora l'avesse sorpreso a rubare: e che lui abbia perso la testa e l'abbia ammazzata. L'avremmo trovata in un altro punto dell'appartamento, non le pare? Non seduta tranquillamente sul divano, come se fosse stata impegnata in una conversazione, o come se avesse voluto riposare... »

« Capisco il suo punto di vista. Ma un'ipotesi si sarà formata nella sua testa: me la esponga. »

« Per me non c'è che una spiegazione: un terrorista appostato a casa sua... C'era per lei, naturalmente. Non vedendola, ha ammazzato la povera signora... Il portiere mi ha detto che lei era solito rincasare prima delle sette... Nel recente passato, aveva ricevuto minacce? »

Il colonnello fece un cenno di assenso:

« Mi telefonavano si può dire tutti i giorni... Ma io non gli davo peso. Certo, se avessi saputo che la cosa a-vrebbe avuto conseguenze così tragiche... ».

Il colonnello dormì in un albergo vicino. La mattina dopo, prima di andare in ufficio, pensò bene di passare da casa.

Il portiere spazzava fuori della casa, come se niente fosse. Vedendo di lontano il colonnello, fece una faccia di circostanza.

« A che ora sono andati via? » s'informò subito il colonnello.

« Alle due di notte. Anch'io, sono dovuto stare alzato fino a quell'ora. »

« Il corpo è stato portato all'obitorio? »

« Sì. Ma hanno dovuto chiamare il marito, per avere il permesso... Mi scusi, signor colonnello: questa faccenda, non la danneggerà nella carriera? »

« Che carriera? Ormai sto per andare in pensione. »

« Sa, col fatto che una donna sposata è stata uccisa in casa sua, la cosa è diventata di pubblico dominio. Mentre prima, eravamo in pochi a saperlo: io, mia moglie, mia figlia, qualche altro inquilino che rincasava sempre a quell'ora... »

Quasi evocata, la figlia del portiere comparve di lì a un minuto. Salutò il colonnello e gli disse di andare a prendere il caffè da loro: lei sarebbe tornata subito, andava fuori solo un momento.

Ancora una volta, Varallo si sorprese a pensare alla ragazza invece che a Gabriella. È che l'idea della disgrazia per il momento non gli era entrata in testa.

Prima di andare a prendere il caffè dai portieri, entrò nel suo, di appartamento. La vista del locale vuoto non gli diede nessuna emozione.

« Mi sono raccomandato che rimettessero tutto a posto » disse la voce del portiere alle sue spalle.

« Da cosa si è accorto che la signora Turri era morta? » domandò Varallo senza voltarsi.

« Dall'aspetto che aveva. È stato un bene che lei non l'abbia vista, non fa mai un buon effetto vedere un cadavere. »

« Ma forse mi sarei convinto che non c'è più. Mentre adesso, è come se non lo sapessi. Sono il solito Varallo, mi distraggo, parlo... Scommetto anche in ufficio, mi comporterò nel solito modo. »

Si sarebbe comportato nel solito modo in ufficio e a mensa: d'altra parte gl'inferiori non sarebbero entrati nel discorso, "ufficialmente" non era successo nulla. La signora mica era la moglie, per cui fossero obbligatorie le condoglianze.

"In che mondo stupido viviamo" si disse il colonnello. "Prevale sempre l'aspetto burocratico delle cose. Con Gabriella ci saremmo sposati: allora soltanto avrei avuto diritto di abbandonarmi al dolore. E, magari, sarei stato oggetto di critiche se non lo avessi dimostrato..."

Forse, solo la sera, tornando a casa e non trovando Gabriella, si sarebbe reso conto della sua scomparsa.

Pensò che i giornali dovevano essere pieni della notizia. Faceva scalpore che una donna fosse trovata uccisa nell'appartamento di un colonnello...

Si voltò verso il portiere:

« Mi va a comprare i giornali? ».

« Quali giornali? »

« Tutti quelli romani, per cominciare. Poi quelli d'importanza nazionale, *Il Corriere della Sera*, *La Stampa*... »

Gli avrebbe dato una scorsa mentre prendeva il caffè. Accorgendosi di non aver più niente da fare in casa, uscì dietro l'uomo.

"Sono una pietra" si diceva. Nella sua assurdità, la tremenda notizia lo aveva impietrito dell'altro. "E Gabriella che mi accusava sempre di essere freddo. Se mi vedesse in questo momento..."

Erano tutti così, giudicavano dell'animo di una persona dal comportamento esteriore. Ma le due cose potevano fare a pugni. "Io a Gabriella ci tenevo, anche se mi comportavo freddamente."

In quel momento si rese conto che ormai poteva parlarne solo al passato: e provò una stretta. Fu un attimo: dopo il colonnello riprese il solito atteggiamento distaccato. Del resto, anche in quell'attimo, un osservatore esterno non avrebbe notato cambiamenti.

"Distaccato vuol dire forse freddo?" si domandò il colonnello. In tal caso sarebbe stato vero ciò che diceva Gabriella, e che diceva anche Elena, che lui s'era imbarcato senz'amore in quell'ennesima avventura.

Come mai, allora, aveva deciso di andare a vivere con Gabriella? "Vuol dire che qualcosa ci sentivo... anche se era diverso da quello che avevo sentito per le altre."

Per le altre, aveva sentito solo desiderio; e, per Elena, qualcosa di simile all'amore. "Elena: come mai non ci ho pensato subito? Potrebbe essere lei l'assassina di Gabriella. Potrebbe darsi che fosse venuta per ammazzare me, e non avendomi trovato, abbia ammazzato Gabriella."

Gli passò subito di mente. Dai portieri la sua attenzione era attirata dalla ragazza, che portava una veste succinta.

Gli stava seduta con disinvoltura davanti, benché lui le guardasse i ginocchi, attento a non farsene accorgere.

Il padre era tornato con un fascio di giornali:

« C'è in tutti » disse, e li distribuì in giro. « Sul *Messaggero* ci siamo anche noi. »

C'era una fotografia intitolata *La famiglia del portiere*: si vedevano lui, la moglie e la figlia. Quest'ultima però era presa male, tanto che se ne lamentò.

« Eh, tu lo so cos'hai in testa » disse il padre scontento. « Te li levo io i grilli dal capo » la minacciò.

« Papà, lo dici sempre anche tu che la pubblicità conta tutto in queste cose. Del resto adesso abbiamo una persona istruita, possiamo domandarlo a lui. »

La "persona istruita" non aveva voglia di parlare. Si

sentiva addosso solo una gran stanchezza. Era il solo effetto di quanto era accaduto.

« Stasera dove dorme? » s'informò la portiera. « Che semmai vado a rifarle il letto. »

« Non l'ho ancòra stabilito » rispose Varallo. « Ieri sera magari non era il caso con tutte quelle persone che a quanto ho saputo ci sono state fino alle due di notte. »

« Sa, tra una cosa e l'altra... Il tempo passa in fretta » interloquì il portiere.

« È quello che dico sempre anch'io » fece la donna rivolgendosi verso la figlia. « Ma tu, chissà cosa ti sei messa in testa. »

« Lascia dire al signor colonnello » fece la ragazza.

Adesso il colonnello ne sapeva abbastanza sul contrasto che la opponeva ai genitori. Lei aveva in mente la carriera d'attrice, o qualcosa del genere; loro cercavano di ricondurla alla ragione, facendole capire che doveva approfittare di quei pochi anni di bellezza per farsi sposare da uno del suo rango. Il colonnello sostenne la tesi della ragazza: gli conveniva. Una ragazza ambiziosa avrebbe potuto prenderlo in considerazione, una che fosse stata contenta del proprio stato no. Disse che la pubblicità è l'anima del commercio: lui, le due o tre volte che era apparso in fotografia sui giornali, s'era visto trattare da tutti con molto più riguardo.

« Io vorrei apparire alla televisione » disse la ragazza rapita. « Ma quello è un sogno. »

« Che cosa le piacerebbe fare, signorina? » domandò il colonnello.

« Qualsiasi cosa, la valletta, la presentatrice di un programma. »

« È ambiziosa » spiegò la madre. « Chissà da chi ha preso. Da me no di certo perché il mio maggior desiderio è passare inosservata. Tutta quella gente di ieri sera, che veniva perfino qui, mi dava fastidio, sapesse... »

« Dava più fastidio a me » disse il marito. « Io lo so cos'aveva in mente il commissario, che il criminale fossi io. In un caso del genere la prima persona di cui si sospetta è il portiere. »

« Ma no, il commissario aveva in mente un terrorista » disse il colonnello. E, come se parlasse tra sé: « Adesso hanno in mente solo quelli... ».

« Giusto, lei cosa pensa del terrorismo, signor colonnello? » domandò la donna.

Varallo sapeva già quello che ne pensava lei: l'aveva vista che leggeva *L'Unità*. Tuttavia disse:

« Io penso che ci sia un terrorismo più nascosto di cui la gente non si accorge ».

« Per esempio? »

« Per esempio, le forze armate, la guerra. La gente non ci pensa che, se scoppia la guerra nucleare, moriamo tutti. »

« Cosa vuole andare a pensare a queste cose » disse la donna. « Io vivo con la paura dei terroristi. So che potrebbero capitare anche qui... »

« Secondo il commissario, ci sono già capitati. Cercavano me. Non avendomi trovato, hanno ammazzato la mia amante. In altre parole, si sarebbe trattato di uno sbaglio... »

« Perché, lei non ci crede? »

« Io non credo niente. Io so solo che quella poveretta è stata assassinata e che per ora gl'inquirenti brancolano nel buio. »

Avvenne come aveva previsto: solo la sera, tornando a casa, capì che Gabriella non c'era più. L'appartamento gli apparve deserto perché credeva che ci avrebbe trovato qualcuno. Era peggio che se Gabriella avesse messo in atto la minaccia di lasciarlo e di cominciare una relazione con un altro. Anche se fosse arrivata davvero a fare una cosa del genere, non sarebbe mai stata definitiva: quello che s'era fatto, si poteva sfare.

Da chi aveva sentito una frase del genere? Da Elena: era la seconda volta che quella ragazza gli tornava in mente, nel corso della giornata. La prima volta ci aveva addirittura pensato come alla possibile assassina di Gabriella. Subito dopo aveva scartato l'idea come manifestamente infondata: "Che interesse avrebbe avuto ad ammazzare me?". Adesso si accorse che egli non aveva fatto altro che combinare l'ipotesi avanzata dal commissario con la propria: al fittizio terrorista aveva sostituito un assassino molto più credibile. "Devo definitivamente scartare l'ipotesi del terrorista" si disse il colonnello. "Allora soltanto potrò vederci chiaro."

Quindi non s'era trattato di nessuno andato lì per ammazzare lui; ma di qualcuno che era andato lì proprio con l'idea di ammazzare Gabriella. E questo qualcuno non poteva essere che Elena. Solo lei e il marito di Gabriella erano al corrente del fatto che andava da lui a quell'ora. Ma il marito era sempre stato indifferente a tutta la faccenda, possibile che la gelosia gli si fosse risvegliata ora?

Per quel poco che lo conosceva, era portato a escluderlo. Gli era sempre sembrato un tipo freddo.

E Gabriella? In che modo era? Fredda o calda? Non l'avrebbe più potuto sapere, adesso che era morta.

Il colonnello si preparò la cena e il letto da sé: non avrebbe potuto tollerare che questi piccoli servigi glieli rendesse la portinaia. La figlia, certo, sarebbe stata tutta un'altra cosa.

Si costrinse a tornare col pensiero a Gabriella. Faceva le cose meccanicamente. Quasi senz'accorgersene, cenò, e poi, come tutte le altre sere, si mise davanti al televisore. Gli passò per la mente il pensiero che, dal momento che Gabriella non c'era più, andava a monte anche il programma di trasferirsi con lei da un'altra parte: sarebbe rimasto sempre lì, in quel minuscolo appartamento. Che bisogno aveva di cambiare, se era destinato a restare solo?

Forse era in quello la possibile spiegazione della tragica vicenda, che egli dovesse condurre la sua vita da scapolo. Non era una buona ragione perché la povera Gabriella, che non c'entrava niente, fosse andata incontro a una morte così orrenda.

Chi poteva essere stato? La sua stessa professione lo induceva a partecipare all'indagine. Riconobbe che non ci poteva pensare con profitto la sera tardi: quando stava per addormentarsi. Si addormentava sempre davanti al televisore acceso. Svegliandosi, lo spegneva e andava a dormire.

L'aveva raccontato tante volte a Gabriella: « Il primo sonno lo faccio sempre in poltrona. Si vede che la televisione mi concilia il sonno. Mi sveglio appena i programmi son finiti ».

« Come fai ad accorgertene? »

« A volte c'è sempre l'annunciatrice che dà la buonanotte ai telespettatori. Altrimenti lo capisco dal fatto che non c'è più niente. Guardo l'orologio, e vedo che sono passate due ore. »

Gabriella rifletteva:

« Dovresti guardare la televisione dal letto. Quando andremo a stare insieme, voglio metterti l'apparecchio in camera ».

« Mi va bene così » rispondeva il colonnello. « È colpa mia se non so stare sveglio. »

Gabriella s'inteneriva subito quando gliene parlava:

« In poltrona, potresti prender freddo ».

« Se prendessi freddo, mi sveglierei. »

« Buttati almeno una coperta sui ginocchi. Quando staremo insieme, troverò una soluzione a questo problema. »

« Quando staremo insieme, non ci sarà bisogno di niente. Il fatto stesso di non essermi alzato presto, mi terrà sveglio fino a tardi. » Aggiunse, come se parlasse tra sé: « Che bisogno avrei di alzarmi presto se non devo più andare in caserma? Gabriella, tu non vuoi convincerti che stai per accompagnarti con un pensionato... ».

« Non credo di avere pretese eccessive, nel campo dei rapporti coniugali. A me sta a cuore solo la tua salute. »

« Lo so che te ne prendi cura... » Sospirava: « Eh, se ti avessi incontrato prima, non avrei fatto la vita da scapolo ».

Era sincero; a momenti invece deplorava la presenza della donna. Preferiva star solo.

In quei momenti lì, Gabriella gli diceva:

« Lo so che ti do fastidio: t'impedisco di fare il sultano ».

« Forse un tempo, con la mentalità che avevo, non potevo concepire la vita senza le donne. Ma oggi, te l'ho detto, sono cambiato. »

Gabriella lo stava a sentire senza la pretesa d'imporsi a lui. Era questo che gliela faceva preferire a Elena.

A un tratto la sua fantasia fu occupata dalla terribile scena che s'era svolta la sera prima. Gabriella s'era seduta sul divano: era lì che l'aveva sorpresa l'assassino o l'assassina...

Ma come era potuto entrare? Forse Gabriella non aveva richiuso bene la porta dietro di sé.

Alla fine si disse che il vero colpevole era lui, per il fatto di essere tornato a casa tardi. "Metti che fossi tornato alle sei e mezzo secondo il solito: Gabriella sarebbe venuta alla solita ora, le avrei aperto io e quella stupida di Elena (se è stata lei l'assassina) non avrebbe avuto il modo d'intervenire... Invece, l'istintiva avversione a incontrarmi con Gabriella, dopo che i nostri rapporti erano diventati cattivi, mi ha fatto tardare anche ieri sera. Sono arrivato quando ormai non c'era più niente da fare."

La sua responsabilità risaliva a prima ancora, a quando i loro rapporti s'erano guastati. Gabriella s'era impuntata davanti a una sua ennesima esitazione: era stata la goccia che aveva fatto traboccare il vaso. Per anni aveva sopportato in silenzio: di colpo i tratti più indisponenti del suo carattere le erano diventati insopportabili. In quell'ultima settimana aveva dimostrato una fermezza insospettabile.

"Non si smette mai di fare scoperte sul conto di chi si credeva che non ce ne potesse riservare" pensò Varallo. Adesso quelle scoperte erano finite... non c'era che ripensare al passato, per vederlo sotto un'altra luce.

Certi suoi atteggiamenti da pascià gli sembravano inammissibili. Per esempio, il fatto che continuasse a tenersi le vecchie amanti. Gabriella non andava ancora lì, i loro incontri avvenivano fuori, e lui lì continuava a ricevere le varie Gilde...

Era stata Gabriella a insistere perché si vedessero nell'appartamento di lui. Che dapprima non voleva, con la scusa di un possibile controllo da parte dei superiori. «Come lo farebbero?» gli aveva domandato Gabriella. «Tramite il portiere» aveva risposto lui. «I portieri sono tutti spie.» «Ci starò attenta a non farmi vedere» gli aveva assicurato Gabriella. I primi tempi c'era stata davvero attenta: passava svelta davanti allo sgabuzzino e suonava appena, perché il portiere non la vedesse e non la sentisse. E un giorno che ci aveva sbattuto contro, gli aveva chiesto di un altro inquilino, di cui preventivamente s'era fatta dire il nome.

Appena messo piede nell'appartamento, aveva stabilito che d'ora in avanti si sarebbero incontrati lì:

«È stupido andarcene in macchina quando abbiamo tutta la comodità di farlo sul divano».

Il divano era stato il primo mobile che aveva apprezzato. A poco a poco aveva preso confidenza col resto dell'appartamento. Che era minuscolo, solo il soggiorno (trasformabile in camera) poteva dirsi una vera e propria stanza: le altre erano sue appendici.

«Un tempo dormivo dove adesso ho fatto il ripostiglio» le diceva il colonnello.

«I tuoi comodi però li hai sempre fatti in sala, sul divano.»

«Di quali comodi parli?»

«Avanti, che hai capito benissimo. Sei uno sbarazzino. Ha fatto bene Elena a trattarti come ti ha trattato. È che io divento un giocattolo nelle tue mani...»

Gli ultimi giorni, però, non era stata un giocattolo. Aveva stabilito una linea di condotta e s'era attenuta a quella. Era arrivata al punto di negarglisi...

Giusto, qual era l'ultima volta che avevano fatto all'amore? Risaliva... a cinque giorni prima. Le volte successive era stata solo una discussione.

Gli sembrava d'essere tornato ai tempi di Elena. In effetti c'era una somiglianza tra la Gabriella degli ultimi giorni ed Elena.

Non s'era potuto trattenere dal dirglielo:

«Sembri Elena. Sei dimagrita. Sei imbruttita. Sei diventata un serpente come lei...».

«Credi di farmi recedere dal mio atteggiamento dicendomi in questo modo? Sono stata una stupida a essere condiscendente con te subito. Avrei fatto meglio a comportarmi come quella, che ti ha fatto solo soffrire...»

«Gabriella, quante volte devo ripeterti che io, di Elena, non ho nessunissima nostalgia? Ci avevo preso una sbandata ma mi è passata subito. Mentre con te non mi passerà mai...»

Faceva anche altre considerazioni: Elena era il tipo della vergine folle, per questo s'era comportata in quel modo con lui. Mentre Gabriella c'era nata, con l'idea di essere la compagna di un uomo: non aveva trovato subito quello giusto ma il giorno che l'avesse trovato si sarebbe messa al suo servizio.

Anche nell'aspetto fisico le due erano differenti. Gabriella aveva la tendenza a ingrassare, Elena era sempre stata magra. Una spia del carattere spigoloso di Elena era la mancanza di fianchi. "Anche lì, sai com'è fatta meglio Gabriella" si disse Varallo.

Si avvide che avrebbe dovuto parlare al passato: perché Gabriella non c'era più. Provò un'altra volta quella specie di stretta al cuore, che lo lasciava senza fiato.

Gabriella aveva fatto tante volte l'ipotesi di scomparire, per antivedere le sue reazioni: «Non ti parrà vero di esserti liberato di me. Delle altre, come te ne liberavi?».

«Dicevo loro che non m'interessavano e che si levassero di torno. Glielo dicevo subito la prima volta... A te ho parlato in un altro modo fin da principio: questo lo vorrai ammettere, spero.»

«Sì, per circuirmi meglio. Hai fatto finta d'essere innamorato di me per potermi avere più facilmente... E io, come una stupida, ci sono cascata.»

«Tu, Gabriella, ti confronti sempre con Elena: me ne sono accorto. Ma Elena è un'eccezione: la norma, sono le ragazze come te.»

«Meno male che non hai detto: le stupide come te. Ma l'hai pensato di sicuro. Con le donne innamorate, è più facile mandare avanti la cosa... Dimmi: in quante ci siamo innamorate di te, finora?»

«Ti vuoi mescolare alle altre? Lo sai bene che da parte mia c'è una sensibilissima differenza: te, ti ho amata, queste altre no...»

«Allora perché ci andavi.»

«Per abitudine. Per vizio. Tanto per non starmene con le mani in mano... Quand'ero fascista, era anche l'ideologia a spingermi a fare il galletto.»

«E hai continuato a farlo con me» sospirava Gabriella. «Non negare, lo dici sempre anche tu che è più facile spogliarsi delle idee invece che delle abitudini.»

«Non è vero» protestava Varallo. «Elena, m'ero abituato ad averla in casa; eppure ho finito con lo sbarazzarmene...»

«È andata via da sé. Tu non avresti mai avuto la forza di scacciarla.»

«Perché sono una persona educata. Io non scaccio mai nessuno.»

«Se poco fa hai detto il contrario. Sarai una persona educata ma gli sgarbi a chi prendi in antipatia li sai fare anche tu.»

«A ogni modo Elena ho avuto la forza di strapparmela dal cuore.»

«Non avevi altra scelta. Finché t'è stata in casa, non t'è potuta passar di mente.»

«Tu accomodi i fatti come pare a te. Ma lasciamo perdere. Tu per fortuna sei molto diversa da Elena...»

«Per tua fortuna; non certo per fortuna mia.»

«Elena fa del male agli uomini: credi che sia fortunata? È un'infelice, ecco cos'è. Non considera mai il rapporto con un uomo come definitivo. Ma un uomo ha bisogno di questa sicurezza... Tu la dài, Elena invece no. Non è la sola differenza a tuo vantaggio. Elena è infelice lei, e rende infelici gli altri. Tu, invece, sei stata dotata dalla natura di tutt'altro temperamento. Basta che entri in una stanza, ci porti la gioia, la felicità... Ancora un'altra differenza: Elena non apprezzava niente, né le comodità, né il lusso, tu invece apprezzi tutto. Lei era una ragazza viziata, che ha avuto tutto fin da piccola, tu invece, che te la sei dovuta sudare...»

Quante volte s'erano svolte queste discussioni tra loro. Adesso non si sarebbero potute svolgere più.

Risuonò una scampanellata:

"Chi può essere a quest'ora" si disse il colonnello.

Era la figlia dei portieri. Veniva a sentire se aveva bisogno di niente.

«Come ha fatto a sapere che ero in casa?» domandò il colonnello.

«Perché ho visto la luce sotto la porta.»

"Bugiarda" avrebbe voluto dirle lui. L'aveva accesa solo sentendo suonare. Prima era davanti al televisore, al buio.

Varallo non sapeva che anche il televisore rompe la compattezza delle tenebre con un po' di chiarore. Non era dunque una bugia quella della ragazza, che gli disse:

«Sentivo parlare, credevo che ci fosse qualcuno».

«Avevo la televisione accesa» rispose Varallo.

«Anche lei è un *abitué* del piccolo schermo?»

Tanta insistenza lo spinse a guardar meglio la ragazza. Non aveva l'aria di una che viene a offrire i suoi servigi quanto di una che viene a offrire se stessa. "In un'altra occasione" pensò il colonnello, che aveva sempre la mente piena dei ricordi di Gabriella.

«Mamma verrà domattina a lavarle i piatti e a rifarle la camera» disse ancora la ragazza.

«Grazie» rispose il colonnello.

«Allora, se non c'è altro, buonanotte.»

La sua intrusione aveva buttato definitivamente all'aria i suoi pensieri. Non fu capace di riprendere il filo del discorso con se stesso. Spense il televisore, che aveva abbassato soltanto, si spogliò e andò a dormire.

III

Una mattina, sentì una scampanellata. Credette fosse la ragazza, che era diventata la sua amante il giorno prima: andò ad aprire, e si trovò davanti il commissario del quartiere.

Il quale entrò senza tanti complimenti in quell'appartamento che aveva ormai ripreso l'aspetto abituale.

« Ha trovato il terrorista? » gli domandò subito il colonnello.

Il commissario lo guardò come se non capisse:

« Ah, ma quella era un'ipotesi formulata lì per lì » disse alla fine. « L'abbiamo scartata subito. E ci siamo detti che il delitto doveva essere maturato nelle mura familiari. Abbiamo fermato il marito, ma poi abbiamo dovuto rilasciarlo. Sa, io sono del parere che questi delitti devono avere un movente. Nel caso di un omicidio passionale, non ci si deve discostare da quelli che avevano un qualche legame con la vittima: il marito... o l'amante. » Ridacchiò: « È imbarazzante interrogare uno che potrebbe essere mio superiore... ma bisogna che lo faccia. Posso sedermi? ».

« Certo, certo » disse il colonnello. « Lei non deve preoccuparsi di niente, e se un'altra volta avrà bisogno di me mi faccia pure venire nel suo ufficio. »

« Grazie » rispose il commissario. « Vedo che lei è comprensivo, e questo mi faciliterà molto nell'interrogatorio... M'ero scritto le domande sul taccuino, e adesso non le trovo più. Ah, eccole: a che ora è uscito di caserma? »

« Alla solita, alle sei e un quarto. »

«Concorda con quello che m'è stato detto dal suo aiutante maggiore.»

«Ah» fece il colonnello. L'aiutante maggiore non gli aveva riferito d'essere stato interrogato dal commissario.

«Il suo aiutante s'è sorpreso, quel giorno, di vederla in borghese. Dice di averlo visto sempre in divisa.»

«Mica è proibito vestire in borghese. È raccomandato, anzi.»

«Ma fuori servizio. Comunque lei non mi ha dato il tempo di formulare la domanda. Come mai ci s'era messo proprio quel giorno?»

«Non lo so. Non ricordo. Mi sembra irrilevante per la faccenda su cui vogliamo far luce.»

«Risponda alle mie domande invece di criticare il mio operato. Solo io ho l'obbligo di occuparmi di questa faccenda. Sono il solo responsabile dell'inchiesta. Lei non condivide nemmeno in minima parte la responsabilità di accertare i fatti: è solo una delle persone di cui devo ricostruire i movimenti» disse il commissario indispettito.

«Dica pure che sono il maggiore indiziato.»

«Non ho detto niente del genere.»

«Però l'ha pensato.»

«Adesso pretende anche di entrarmi nella mente» disse il commissario offeso.

Il colonnello gli fece le scuse. Con tanto maggiore slancio in quanto lo considerava un pover'uomo a cui era capitata un'incombenza troppo al disopra delle sue qualità. Si vedeva subito, goffo com'era, che non aveva le doti dell'investigatore. Lui, Varallo, era contento, la carriera inquirente, di non averla mai cominciata.

Presto sarebbe andato in pensione. Sentì il bisogno di parlarne al commissario:

«Ormai mi considero fuori servizio. Aspetto da un momento all'altro la notizia del pensionamento. Gliel'avevo detto che ho fatto domanda appena nominato colonnello; ma sa come vanno queste cose, la burocrazia è lenta».

« Dunque lei va in pensione » cominciò il commissario. « E ha in vista qualche altra cosa? »

« No, non ho in vista nulla. »

« Nessun incarico? Ho sentito dire che i militari in pensione trovano facilmente da impiegarsi. Le ditte li assumono volentieri... pare che ne vadano addirittura a caccia. Sa, hanno l'idea che sono maggiormente portati alla disciplina... »

« Non sarebbe una faccenda per me » disse Varallo. « Io la disciplina non voglio imporla più a nessuno. »

Il commissario non se ne sorprese: considerava il colonnello uno stravagante, un tipo bizzarro. Possibile che avesse avanzato domanda di dimissioni il giorno stesso in cui aveva saputo d'essere promosso? Il comando del reggimento gli avrebbe permesso di levarsi parecchie soddisfazioni.

S'intende, anche un comandante di reggimento ha i propri superiori; ma fuori della caserma. In caserma non c'è nessuno che possa dargli un ordine. È lui che li dà agli altri. È lui che si rifà con gli altri...

Il commissario aveva un'idea molto semplice dei rapporti tra i funzionari: il sottoposto deve subire, il superiore si diverte ad angariare i sottoposti. È difficile che uno non abbia superiori sopra di sé: dev'essere proprio al vertice della carriera, e ci può arrivare uno solo. Ma ci sono anche ambite tappe intermedie: come la caserma, il commissariato... Lui aveva tirato un respiro di sollievo quando era stato promosso commissario: avrebbe smesso di buttar giù bocconi amari, semmai sarebbe stato lui a farli ingoiare agli altri.

È questo, del resto, il sollazzo delle persone anziane, infierire su chi sta sotto. E il colonnello, inspiegabilmente, voleva privarsene.

Il commissario aveva creduto di trovarsi di fronte qualcosa di più di un collega, un superiore o giù di lì. Per questo lo aveva trattato deferentemente. Accorgendosi di aver davanti un uomo del tutto diverso da come gli aveva fatto credere il grado, smise di essere gentile con lui.

« Sicché quel giorno lei era disarmato » disse brusco. « Immagino che la rivoltella la porti solo quando è in divisa. »

« A dire il vero sono sempre disarmato » fece il colonnello. « Lo so, è proibito dal regolamento portare la fondina vuota o riempirla di stracci in modo che sembri piena; ma è tale la mia ripugnanza per le armi... »

« Dov'è la sua rivoltella? »

« Nel cassetto. Sepolta sotto la biancheria. È tanto che non la tiro più fuori. »

« Da quando è comandante del reggimento può permettersi di fare il comodo proprio » commentò acido il commissario.

« Anche da quando ero comandante di battaglione » rispose Varallo. « Lo sono stato per quattro anni. Prima come maggiore, poi come tenente colonnello... »

« E alla fine è venuta la nomina » completò il commissario.

« Già. L'aspettavo a gloria. M'ero sempre detto che subito dopo sarei potuto andare in pensione. »

« E unirsi con la povera signora. Che però in questi ultimi giorni diceva di volerla lasciare. »

« Sa come sono le donne » gli fece capire Varallo. « Io non ho mai dato peso alle sue lamentele... »

« Ne faceva spesso? »

« Solo in questi ultimi tempi. Era cambiata. M'aveva sorpreso: per quanto fossi convinto che una persona, nell'animo, non può cambiare veramente... »

« Sicché non si preoccupava della minaccia di lasciarlo. »

« No. Per quanto durava da un po' troppo tempo l'atteggiamento di rigetto da parte sua. Sembrava che si facesse forza per espellermi da sé. Io contavo sul fatto che non ci sarebbe riuscita, ma non posso negare che ero un po' indispettito... »

« Al punto da assassinarla? »

« No, questo mai. Un'idea del genere non m'è nemmeno passata per la testa. Ma che cercassi tutti i pretesti per tornare a casa il più tardi possibile, questo mi sembra indubitabile... Gli ultimi giorni, sono arrivato due volte in ritardo... »

« Parleremo anche di questo » disse il commissario. « Andiamo con ordine. Esauriamo prima l'argomento della rivoltella. Bisogna che lei me la consegni. Potrebbe essere stata l'arma del delitto. »

Il colonnello andò a frugare nel primo cassetto. Trovò l'arma con fatica e la mostrò trionfante al commissario:

« Che le dicevo, è mezzo arrugginita. Non potrebbe servire nemmeno ad ammazzare una gallina... ».

« A ogni modo la dovrò fare esaminare dal perito balistico » disse il commissario mettendosela in tasca.

« Non è stata ancora fatta la perizia balistica? » s'informò il colonnello.

« E su quale arma? Non ne sono state trovate, vicino alla vittima... »

« Io credevo che in un'inchiesta la prima cosa fosse quella. »

« Se le ho appena detto che non era possibile. Certo, di quest'arma che non c'era ce ne siamo preoccupati subito. E siamo arrivati alla conclusione che l'assassino doveva aver portato con sé l'arma del delitto. »

« Perché parla sempre al maschile? Potrebbe essere stata una donna ad assassinare Gabriella. »

« Anche questa, è un'ipotesi da tener presente » disse il commissario. E, in un momento di sincerità: « Siamo a una settimana dal delitto e possiamo fare solo ipotesi. È buio pesto come da principio... Ora il ritrovamento di quest'arma riapre certo le indagini... Per quanto lei dice che è mezzo arrugginita e non potrebbe far male a una mosca... ».

« È così. »

« Lasci decidere a noi » disse seccamente il commissario. Gli piaceva trattare con malgarbo un ufficiale dei carabinieri. Era molto compreso delle proprie funzioni. La ruggine esistente tra polizia e carabinieri riaffiorava, benché Varallo non se ne tenesse affatto del proprio stato. Nemmeno in divisa e con la fondina gonfia. « Cosa ci mette per far apparire che dentro c'è la rivoltella?»

«Niente. Stracci. La mia avversione per le armi era già radicata; adesso poi, dopo questo delitto... Mi son detto che, chiunque l'abbia commesso, non avrebbe potuto commetterlo se non fosse stato armato. Ci sono tanti fatti di sangue e l'opinione pubblica è allarmata; ma io dico: La prima misura da prendere sarebbe quella di eliminare le armi. Finché ce ne sono, qualcuno le adopra per commettere delitti.»

«Infatti noi della polizia diamo sempre parere negativo per la richiesta di armi. Non possiamo darlo quando la richiesta è giustificata: per esempio se uno è cacciatore e chiede di comprare un fucile...»

«Io la caccia la proibirei» disse il colonnello.

Il commissario lo guardò meravigliato:

«Ma è permessa in tutti i Paesi civili. Magari si tratta di emanare norme più restrittive... Certo, noi della polizia saremmo avvantaggiati se non ci fossero tante armi in giro. So che voi carabinieri su questa faccenda avete preso lo stesso atteggiamento...».

«Mi dica la verità, signor commissario: quali sono le sue opinioni politiche?»

«Io di politica non me ne occupo. S'intende, vado a votare, perché questo è il dovere di ogni cittadino...»

«Mi dica: per chi vota?»

«Quello è un segreto» rispose il commissario. «Certamente, come membro della polizia, sono per l'ordine, per l'autorità dello Stato... Non li posso vedere questi raggruppamenti giovanili che ci provocano. Una volta, mi mandarono a sorvegliare una manifestazione. Era per quello studente greco che aveva attentato alla vita del colonnello Papadopulos... Si figuri, erano quattro gatti, e facevano un chiasso che mai. Ma i passanti tiravano di lungo. Non gliene importava un bel niente che quel Panagulis fosse messo a morte... Io poi l'anno avanti ero stato in vacanza in Grecia e avevo visto che vi regnava l'ordine, che le autorità erano rispettate... Non so proprio perché i cittadini abbiano sentito il bisogno di rovesciare un regime così benefico.»

«Per la stessa ragione per cui sentirono il bisogno di rovesciare il fascismo» cercò di spiegargli il colonnello. «Un popolo non può essere privato in eterno della libertà. Viene sempre il momento che si ribella.»

«Ma dopo se ne pente.»

«Si sa, un certo numero di nostalgici spunta fuori. Ci sono quelli che sono scontenti di natura. A loro non va mai bene niente. Parlano sempre male del regime in cui vivono. Fu questo a illudere i militari e a far nascere in seno alle forze armate la tendenza al golpe... Parlo di parecchi anni fa, quando erano sempre in piedi, in Europa, dittature golpiste in Grecia, Spagna e Portogallo...» Accorgendosi che gli dava fastidio parlare di quel tempo, perché da allora le sue opinioni politiche erano cambiate in modo radicale (tanto che alle ultime elezioni aveva votato proprio per quel partito) lasciò cadere il discorso.

Nemmeno il commissario sembrava ansioso di riprenderlo:

«Io non mi sono mai occupato di politica. Dopo la guerra poi sono entrato nella polizia, e lei sa che per noi è proibito...».

«È proibito appartenere a un partito ma una qualche idea uno se la fa per forza.»

«Io detesto, appunto, i politici. Finito il lavoro, me ne sono sempre andato a casa a occuparmi della famiglia; e ci dev'essere chi va fuori, a occuparsi di qualche altra cosa?»

«Dovrebbe ringraziare Iddio che c'è gente simile. La quale si occupa di tutti mentre lei, a quanto ho capito, si occupa solo dei suoi...»

«Si occupa di tutti perché ci trova il suo interesse.»

«Questo è un altro discorso. Vede, sul giudizio negativo riguardo all'attuale classe politica, concordiamo: ma si parte da punti di vista opposti. Lei fa lo stesso discorso dei fascisti, io faccio un po' lo stesso discorso dei radicali.»

«Torniamo a noi. La sera di quel giorno, uscì di caserma alle sei e un quarto, e arrivò qui che erano le sette e trentacinque. Come mai non è venuto subito a casa?»

« Gliel'ho detta la vera ragione: mi ripugnava l'idea d'incontrarmi con Gabriella. »

« Ma in qualche posto dev'essere stato » proruppe il commissario.

« Sì. Ho avuto l'idea di arrivare da mia sorella ma ho visto che ci avrei messo troppo: sa, mia sorella sta a Monte Sacro. C'ero quasi arrivato, quando mi sono accorto che era troppo tardi e sono tornato indietro. È stato un errore: l'attraversamento del centro m'ha portato via ancora più tempo... »

« Sicché lei è sempre stato in macchina. Non ha nessuno che possa renderle testimonianza? »

« No » rispose il colonnello.

« Ha fatto benzina, almeno? È sceso dalla macchina, in modo che il benzinaio l'abbia visto? E io possa a mia volta interrogarlo? »

« No » rispose un'altra volta il colonnello.

« Io cerco di aiutarla, ma se lei non collabora... »

« Perché dovrei collaborare? Mica ho niente da nascondere. »

« Lei capisce bene che non avere un alibi e l'essere in possesso di un movente, ne fanno automaticamente un indiziato. Parliamo, appunto, del movente. Come lei stesso ha riconosciuto, la sua amante aveva deciso di lasciarla... »

« Sì. Ma era un proponimento che non prendevo sul serio. Quelle discussioni m'infastidivano, non lo posso negare; ma non ho mai pensato, per un solo momento, che Gabriella avesse preso una decisione definitiva... Pensavo sempre di vederla recedere dalla sua intransigenza... »

« Però non recedette mai. »

« No » ammise il colonnello.

« Vede che aveva un buon motivo di sopprimerla. » Guardò l'orologio: « Be', per oggi può anche bastare... Sono le nove passate ».

« Capisco che deve tornare al commissariato. »

« Non mi preoccupavo per me. Sarà ora per lei d'essere in caserma. »

« Oh, vanno avanti benissimo anche senza che ci sia io. In caserma del resto ci vado sempre tardi. »

« Però s'alza presto » disse pronto il commissario.

« Sì » rispose il colonnello.

« E cosa fa in casa? »

« Leggo, studio. Sa, devo ricuperare il tempo perduto. »

Il commissario non capiva:

« Cosa intende dire? ».

« In caserma, non è che si conduca una vita intellettuale... Lì la maggiore preoccupazione è sbagliare un comando. Dare un fianco destr invece di un fronte sinistr. Non è davvero un incentivo alla vita dello spirito. Io, per trent'anni, non ho aperto un libro. Ero un ignorante; un somaro, proprio. E adesso, ce ne vuole a ricuperare il tempo perduto. »

« Adesso me ne vado; ma ci rivedremo presto. »

« Lo spero » rispose il colonnello, ed era sincero nel dirlo. Aveva bisogno di parlare con qualcuno, sia pure un burocrate come il commissario. « Venga a trovarmi; o mandi a chiamarmi, sarò felice di venire a far due chiacchiere... »

« Non s'è trattato di due chiacchiere, ma di un interrogatorio, sia pure informale. » Se ne andò meditabondo: aveva fatto tre domande al colonnello, e a tutt'e tre l'interrogato aveva risposto in modo da mettersi in cattiva luce. Non sapeva perché quel giorno si fosse messo in borghese; non era in grado di fornire un alibi alla sua sospetta assenza tra le sei e un quarto e le sette e trentacinque. E se fosse tornato subito a casa? Il portiere non poteva vederlo, era fuori per una commissione; la moglie e la figlia erano state sempre tappate dentro il loro bugigattolo. Sì, a un certo punto la figlia era uscita nell'atrio (« Per vedere se papà tornava » gli aveva detto la ragazza. Non gli aveva saputo precisare l'ora; a ogni modo s'era trattato di un'assenza brevissima. Giusto il tempo di affacciarsi un momento sul portone).

Che poi non era un portone, ma una porta a vetri. L'edificio sporgeva in fuori con un avancorpo. Era messo in una posizione curiosa, lungo una via in salita: sì che l'appartamento del colonnello, pur essendo a pianterreno, era come se fosse al primo piano. Aveva sotto di sé il garage che si vedeva dalla strada. L'altro appartamento a pianterreno, trovandosi dalla parte opposta, doveva invece essere un seminterrato.

I primi giorni il commissario non aveva fatto che interrogare il portiere e le sue donne; poi s'era detto che doveva essere un delitto passionale. Varallo sembrava tranquillo; ma non poteva darsi che avesse agito come un sonnambulo e non ricordasse più niente? Ce ne sono che agiscono in quello stato. Certo, sono anormali: ma poteva dirsi normale un uomo che aveva dato le dimissioni dal servizio il giorno stesso della promozione a colonnello?

Rimasto solo, il colonnello non andò subito in ufficio. Sentiva il bisogno di compagnia; non poteva restare solo in casa. In caserma la compagnia l'avrebbe avuta, anche se i suoi dipendenti gli stavano tutti sullo stomaco. Se la diceva di più, allora, con la figlia del portiere?

Questa aveva suonato appena andato via il commissario:

« Dovresti darmi la chiave, così potrei venire quando voglio, senza insospettire i miei ».

Gli dispiacque che si considerasse come la sua nuova amante; nello stesso tempo gli fece piacere che volesse tener segreta la tresca. E che fosse tornata, perché temeva di averla offesa per la brutalità con cui le aveva strappato gl'indumenti di dosso. Il colonnello era un ingenuo: non aveva ancora capito che una donna non si risentirà mai della brutalità di un uomo.

Glielo disse la stessa Carolina (si chiamava così):

« Il mio fidanzato era troppo rispettoso. La domenica andavamo in campagna, e mica sceglievamo i posti più belli, quelli più solitari... Sicché avremmo avuto tutta la libertà di fare il comodo nostro. E il mio fidanzato niente, come se avesse avuto altro per il capo ».

« L'hai lasciato per questo. »

« Mica ci siamo lasciati. È dovuto andare via da Roma, e così, ci siamo persi di vista. Ma a me non piaceva, mi c'ero messa giusto per contentare mia madre. »

« Però ti sei fatta far tutto. »

« Sembra che ti dispiaccia. »

« Invece non me ne importa niente. Non devi credere, perché sono un ufficiale dei carabinieri, che sia un uomo all'antica. »

« Sai che fai una gran figura in divisa? »

« Perché ti sei messa con me? Perché in divisa sono decorativo? O per essere raccomandata? »

« Ecco, ora ti sei messo a fare il cattivo. Ascolta: se sono venuta a letto con te, non è stato per un calcolo, ma per un trasporto genuino. »

« Anche col tuo fidanzato, fu per un trasporto genuino? »

« Col mio fidanzato, te l'ho detto come sono andate le cose. Fu per scuoterlo dalla sua apatia che mi lasciai andare io... »

Il colonnello rifletteva: nessuna delle sue donne era vergine. Sarebbe stata vergine Elena quando abitava a casa sua; ma con Elena non aveva combinato niente...

« Io non do più importanza a queste cose » disse come se parlasse a se stesso.

« A quali cose? »

« Alla verginità e a tutto il resto. Io sono di vedute moderne: non per essere alla pari con voi giovani; in base a un ragionamento. »

« Posso sedermi? » lo interruppe la ragazza. « O devi andare in ufficio? »

« Ma che dici? Mi fai piacere, anzi. Io in ufficio ci vado quando mi pare. »

La fece accomodare in poltrona. Le si mise in faccia.

« È lì che mi hai preso, ieri » disse Carolina indicando il letto sfatto. « È curioso: due che si conoscono appena, che si danno sempre del lei, dopo diventano per forza intimi. Io mi sentirei ridicola se continuassi a darti del lei e a chiamarti signor colonnello. »

« Levami una curiosità: perché sei venuta con me?

Quando ci sono tanti giovani che potrebbero rimpiazzare il tuo fidanzato. »

« Il mio fidanzato era giovane d'anni ma vecchio dentro. Mentre tu sei il contrario... Perché ti sei messo così lontano da me? per guardarmi le gambe, forse? » aggiunse diventando rossa.

Si vedeva meglio quando arrossiva perché aveva la carnagione olivastra. Uno a prima vista si sarebbe detto che una ragazza così non poteva arrossire.

Invece arrossiva, come tutte. Lo aveva visto meglio il giorno avanti, che era stato quello dell'assalto decisivo al suo pudore.

« Non posso parlare con una persona se non l'ho di fronte » rispose il colonnello, consapevole che era solo una parte della verità. Ma la ragazza passò subito a un altro discorso: aveva dato un'occhiata all'orologio che teneva al polso, e sembrava tanto più piccolo, in quanto era paffuta, ogni cintura inevitabilmente la stringeva. Recriminò che gli faceva perdere tempo con le sue chiacchiere.

« Per questo, puoi stare tranquilla » la rassicurò il colonnello. « In ufficio non ho mai niente da fare e in casa solo, non mi ci posso più vedere... Me lo dici perché ti hanno messo un nome così antiquato? »

« Perché era quello di mia nonna. Ma non è vero che sia un nome antiquato: c'è Carolina di Monaco... »

« Anche lì sarà un nome di famiglia. Tu sei nata a Roma, vero? »

« No, a San Felice al Soratte. Che è il paese di provenienza della mia famiglia. Ma a Roma ci sono venuta da piccola... »

« Allora ci siamo trasferiti insieme in questa casa. »

Carolina fece un cenno d'assenso.

« Quindi eri già grandicella quando sei venuta via dal paese. Ci sei più tornata? »

La ragazza fece segno di no. Varallo rifletté che era questa la differenza più importante tra loro e la gente del popolo: quella, dava poca importanza ai ricordi. "Al contrario di noi, non hanno storia. Li abbiamo costretti a

vivere nel presente, accrescendo a dismisura le loro difficoltà materiali. Come vuoi che una persona assillata dal
bisogno e abituata ad abbassare il capo davanti a tutti,
possa coltivare certi sentimenti? Come la nostalgia della propria origine?" « Quanti anni hai? » domandò a Carolina.

« Ventidue. »

Varallo fece mentalmente il conto degli anni che c'e-
rano tra loro. Si aiutava con le dita di una mano, e la ragazza se ne accorse.

« Non devi pensare che ci sia troppa differenza di età.
A me piaci da morire, mi sei piaciuto fin dal momento in
cui hai messo piede da me... »

« Questo è avvenuto solo una settimana fa. E io qui,
in casa, ci sono da quando eri piccina... »

« Sì, lo so, ma ci vedevamo di rado e pensavamo che
fosse impossibile metterci insieme. Non potevo certo mostrare io il mio interessamento per te... È stata la disgrazia
ad avvicinarci. Non soltanto ti ha reso libero, ma per la
prima volta hai messo piede in casa mia... »

« Aggiungi che per un certo periodo sei stata presa
completamente dal fidanzato. »

« No » disse Carolina. « È che ero inesperta, non sapevo cosa fosse l'amore... »

« Ora sei esperta, invece. »

« Sembra che tu lo dica con rabbia. Lo so che gli uomini, una donna, vogliono iniziarla loro all'amore. »

« Io non ci tengo, te l'ho già detto. »

« E io non ci credo. Oh, non voglio dire che sei un bugiardo, solo che non vedi chiaro in te stesso... »

"È grassoccia" si diceva intanto Varallo "ma sta bene
così. Si sciuperebbe coi figli, ma io starò attento a non
farglieli fare. Del resto, alla mia età, cosa potrei pretendere?"

"Alla mia età." Ma la morte può sopravvenire a qualsiasi età: lo provava il destino a cui era andata incontro la
povera Gabriella. E lo provava la cronaca dei giornali:
una giovane si trovava presente a una sparatoria, e una
pallottola che non era destinata certo a lei, metteva fine

alla sua vita. Gabriella aveva l'ossessione che potesse succederle: gliene parlava spesso, per levargli dalla testa l'idea della differenza d'età.

Del resto, se si sta andando incontro alla fine del mondo, questa non guarderà in faccia a nessuno. Ammazzerà tutti, giovani e vecchi, ugualmente colpevoli di non aver preso i provvedimenti necessari quando erano sempre in tempo a farlo.

Gabriella aveva solo qualche anno più di Carolina: lo scandalo non sarebbe stato maggiore se fosse andato in giro con l'una invece che con l'altra. "Hanno cominciato a dare scandalo gli americani. L'ammiraglio Stone (che poi non era affatto un ammiraglio) sposò una ragazzina..."

Gli uomini, più invecchiano, più diventano lubrichi. Era lubrica proprio la loro fantasia: "Non pensiamo ad altro, di una donna. Non siamo contenti finché non l'abbiamo denudata...".

Forse il gusto maggiore era quello, di vedere com'erano fatte: il resto era un di più, che si faceva giusto perché si doveva fare. "Io, questa Carolina, ho sempre desiderato di vederla svestita. Anche quando Gabriella mi veniva per casa..."

Solo, credeva che fosse una cosa irraggiungibile. Molte donne Varallo le aveva lasciate perdere, non perché non le desiderasse, ma perché gli sembravano fuori della sua portata. O che fossero troppo giovani, o che fossero troppo in su nella scala sociale...

Magari quelle non attendevano che un po' d'attenzione da parte sua per cadergli tra le braccia. Varallo non era un dongiovanni. Con le donne era timido. Gliene piacevano molte, ma si credeva autorizzato a tentare la fortuna solo con poche...

Guardò Carolina: cos'è che la rendeva tanto sicura di sé?

L'estrema giovinezza: non c'era altra spiegazione. "Me, non m'ha mai guardato nemmeno quanto ero lungo perché ai suoi occhi ero decrepito. È stato solo per un seguito di circostanze che è venuta qui...''

Si alzò:

«Vado a fare atto di presenza in ufficio».

«Oggi devo tornare?»

«All'ora di ieri sera: certo.»

«Per fare quello che abbiamo fatto ieri sera?»

«È inutile cercare di prevedere come andranno le cose: andranno come andranno.»

«È giusto» disse la ragazza. «Non bisogna pensarci. Non devo stare tutto il giorno con la voglia...»

Il colonnello tornò a guardarla: dalle forme procaci gli sembrò una ragazza vogliosa. Avrebbe dovuto darsi da fare per accontentarla.

Ammesso che la cosa fosse durata a lungo. Che fosse addirittura durata sempre. Del resto era così che finivano gli scapoli: da vecchi si mettevano intorno la donna di servizio, o una qualsiasi altra femmina piacente che fosse capitata loro a tiro.

Lui l'aveva scampata perché s'era messo sempre intorno donne sposate. Elena lo canzonava per quest'abitudine che aveva.

Una cosa era certa: che a Gabriella non sarebbe successa nessuna Elena, ma una qualsiasi Carolina. ''Cioè, una ragazza che io desideri e basta. Con la quale farci all'amore diventi un'abitudine. Come l'aveva ribattezzato Elena? L'amore tanto per fare... Be', è quello che ci vuole per me.''

Ne ebbe una conferma scendendo con la macchina dalla collina di Monte Mario. Era una bella giornata, e le donne ne avevano approfittato per sbarazzarsi dei cappotti pesanti. Le loro forme erano di nuovo libere... Sul largo marciapiede ne passarono almeno due che Varallo avrebbe voluto spogliare.

La prima era una ragazza coi capelli biondi sulle spalle. ''È un biondo naturale'' si disse Varallo. Sapeva per esperienza che il pelo scurisce via via che si scende nelle parti coperte. ''Come sarà in quel punto?''

Per saperlo, avrebbe fatto qualsiasi cosa. Quella ragazza, era disposto anche a sposarla.

La seconda che attirò la sua attenzione fu una bruna. Aveva una faccia singolare. Ed era sicuramente una signora. Forse quest'ultimo particolare il colonnello lo immaginò soltanto: gli accadeva spesso, con le persone.

Ripensava al lungo colloquio avuto col commissario: pensava di averlo sconcertato, con le sue risposte rapide e franche.

Era il vecchio Varallo che era rimasto impressionato dal commissario; il nuovo, lo disprezzava e lo considerava una nullità. Nell'ultima parte del percorso, che ormai conosceva a memoria, Varallo proseguì mentalmente nella sua polemica preferita contro i conformisti, che lui designava col nome di burocrati.

IV

In caserma, il colonnello rispose al saluto della sentinella, si portò la mano alla visiera per rispondere al saluto della guardia, fece un gesto amichevole verso l'ufficiale di picchetto e mise la macchina accanto alle altre in mezzo al cortile (gli lasciavano sempre il posto). Passando tra due drappelli di reclute in evoluzione, entrò nella palazzina del comando. Lì gli toccò rispondere ad altri saluti; ma lo fece volentieri, la bella giornata lo aveva messo nuovamente di buonumore. Salutò cordialmente perfino l'aiutante maggiore, che gli era profondamente antipatico.

Quella mattina aveva un aspetto più scostante del solito: era lì da molte ore e la patina burocratica gli s'era stampata sulla faccia. Non che quando era fresco avesse un aspetto migliore: si portava dietro l'atmosfera familiare, che non era certo fatta per esaltare.

Lo informò che aveva telefonato il commissario.

« Che voleva? »

« Niente. Ha domandato solo se era arrivato. »

« Ha detto che ritelefonava? »

« Non ha detto niente. »

« Gli telefonerò io. È più gentile. Vorrà sapere qualcosa » aggiunse come se parlasse tra sé. Fece il numero e domandò del commissario Vesce. Dopo moltissimo tempo sentì la sua voce: « Pronto, chi parla? ».

« Varallo. Sono arrivato in questo momento e ho saputo dal mio aiutante maggiore che mi aveva cercato. »

« L'avevo cercata anche a casa ma non rispondeva nessuno. Si vede che le mie due telefonate sono avvenute mentre lei era in viaggio. Volevo sapere in che rapporti era col marito della signora. »

« Buoni » rispose il colonnello.

« Ma il marito era a conoscenza della vostra relazione? »

« Credo di sì. Ma non gliene importava niente, con la moglie era in procinto di divorziare. »

« Ah. E per quale motivo? Forse perché la signora s'era messa con lei? »

« No no, il dissenso tra i due era cominciato prima. »

« E da che dipendeva? »

« Come si fa a rispondere a una domanda del genere? Probabilmente nemmeno lui saprebbe rispondere. Una donna può venirti a noia per tanti motivi. Quale di questi è determinante? Lo so che per voi il motivo dev'essere chiaro e preciso. Non parlate nemmeno di motivo, ma di movente. Il tale è stato ucciso per gelosia, il tal altro per interesse... Le cose, secondo me, sono molto più complicate. Il cuore umano è un enigma. Anche le persone che crediamo di conoscere meglio, improvvisamente ci appaiono in tutt'altra luce... »

« Lo sapeva che il marito della signora ha un'amante, una certa Clelia Gilardoni? »

« No, non lo sapevo. »

« Anch'io l'ho saputo adesso... In tal caso la faccenda cambia nuovamente aspetto. »

« Cosa intende dire? »

« Che i sospetti tornano nuovamente ad addensarsi sul marito... Prima di tutto, perché era un uomo immorale. »

« Anch'io, allora, sono un uomo immorale » fece Varallo, e avrebbe voluto dirgli della figlia del portiere. « Ho cambiato un'amante dopo l'altra... »

« Lei non è mai stato sposato » disse il commissario.

« Anche il signor Turri, era sposato per modo di dire. Vivevano sotto lo stesso tetto, ma non avevano rapporti. Anzi, Gabriella ci trovava da ridire che io non fossi geloso di lui e permettessi quella convivenza. »

« Sul serio non era geloso? » domandò il commissario.

« No, assolutamente. Né del marito, né di nessun altro. »

« Che passione era allora la sua? »

« Me lo domando anch'io, cos'è che mi legasse alla signora Turri... Lei piuttosto mi dica l'altro motivo che mette in cattiva luce il marito. »

« Sa, il fatto dell'amante dimostra che aveva un interesse a sbarazzarsi della moglie. »

« Se tra poco lo avrei sbarazzato io. »

« Già, ma la signora s'era messa in testa di lasciarla. Può darsi che il marito l'abbia saputo e si sia deciso a eliminarla. »

« Si rende conto della gravità dell'accusa? Si tratta di un omicidio, mica di una cosa da niente. »

« Perché si preoccupa che le indagini abbiano preso questa direzione? »

« Perché ho paura che prendano una direzione sbagliata. »

« In caso, che gliene importerebbe? »

« L'uccisa, era una persona di cui m'importava. Vorrei che il suo assassino fosse assicurato alla giustizia. »

« È quello che ci sforziamo tutti, di far luce su questo spaventevole delitto... Ma se lei non ha voglia di collaborare, mica la posso costringere. »

« Io voglio collaborare, come mai s'è messo in testa il contrario? »

« Io non mi sono messo in testa niente, è tutto il suo comportamento che è a dir poco strano... »

« Diciamo meglio: sospetto. Lei si meraviglia che io sia tanto tranquillo? Ma io non ho nulla da nascondere: alla fine la mia innocenza dovrà risultare per forza. »

« Si stava parlando di un'altra cosa » disse il commissario innervosito. « Del fatto che sono io a condurre le indagini, e che vorrei collaborassero spontaneamente con me il maggior numero possibile di persone... Sarebbe soprattutto auspicabile la collaborazione di una persona come lei, anche per l'incarico che ricopre... »

« Quale sarà la sua prossima mossa? » domandò gentilmente il colonnello. Il povero commissario gli faceva l'impressione di un pulcino nella stoppa. Bisognava aiutarlo: altrimenti non ne avrebbe tirato fuori i piedi.

« Controllare l'alibi del marito » rispose il commissario dall'altra parte del filo. « Perché ha un alibi: nell'ora in cui la moglie presumibilmente è stata uccisa, cioè alle sette di sera, dice di aver ricevuto la visita di un collega d'ufficio. »

« Controlli pure ma vedrà che dopo si ritrova al punto di partenza. »

Salutò il commissario e riattaccò. Durante tutto quel tempo, l'aiutante maggiore era stato in fondo alla stanza, per discrezione. Fingeva di guardar fuori dalla finestra, nel cortile, e di seguire con grande interesse le evoluzioni dei plotoni di reclute. In realtà non perdeva una parola di quello che diceva il colonnello. Quando ebbe finito, tossicchiò, per far sentire la propria presenza.

Il colonnello sapeva che si trattava di un discreto richiamo all'ordine. « Allora » disse.

« Allora, signor colonnello, se lei volesse scendere un momento in cortile... »

« A che scopo, l'andirivieni di quei due plotoni si vede anche di qui. »

« Ma non si sentono i comandi. »

« Vorrebbe che interferissi io, in questi particolari? Se ne occupi il capitano, dei suoi subalterni. »

La fronda del platano batteva leggermente contro il vetro. Quante volte aveva sognato di trovarsi in quella stanza. Dove aveva messo piede ogni qual volta il colonnello comandante l'aveva mandato a chiamare.

Seduto comodamente dietro la scrivania, il colonnello comandante teneva gl'inferiori in piedi. In piedi, e sull'attenti. Lui, un tempo, approvava quella pratica; si diceva che era giusto che chi era arrivato al vertice della piramide se la rifacesse con i sottoposti...

Guardò il capitano: anche lui, certo, sognava di occupare quella poltrona. E doveva dirsi che avrebbe comandato in un modo tutto diverso dall'attuale comandante di reggimento.

Che poi, non si sapeva a cosa mirasse. Salvo una certa gentilezza con cui trattava tutti, dai comandanti di battaglione ai semplici carabinieri, non c'era niente che permettesse di capire quello che aveva in testa.

Odiava la severità, questo era certo: strappava tutti i biglietti di punizione che gli venivano presentati. Ma la severità è indispensabile: le prigioni dovevano essere sempre piene. L'aiutante maggiore si diceva che, il giorno in cui fosse stato lui il colonnello, avrebbe interferito in tutto, anche nelle piccolezze. Avrebbe rivisto le bucce ai subalterni e ai sottufficiali. Nessun particolare sarebbe sfuggito al suo occhio di lince. I magazzinieri rubavano? E lui li avrebbe colti con le mani nel sacco. I comandanti di battaglione erano in caserma alle sette? E lui ci sarebbe stato alle sei e mezzo, in modo da obbligarli a venir prima. ''Mica come questo, che prima delle dieci non si vede mai. E una volta qui si piazza dietro quel tavolo a non far niente. Chissà a che pensa. Va bene, gli è capitata una disgrazia grossa, l'amante è stata uccisa a casa sua; ma era svagato anche prima. Aveva la testa all'aria, vattelapesca a che pensava. Nel nostro mestiere, invece, bisogna essere sempre presenti a noi stessi: altrimenti, addio disciplina.''

Varallo gli entrava facilmente nella testa perché ricordava com'era stato lui un tempo. Da tenente, da capitano, anche da maggiore...

La crisi era cominciata quando era sempre comandante di battaglione, però col grado di tenente colonnello. Un giorno s'era detto che avrebbe dato volentieri dell'imbecille al colonnello comandante. E non per una questione di servizio, per via del sole. Gli avrebbe detto: ''Te ne stai qui, curvo sulle tue scartoffie, mentre fuori c'è un così bel sole? È primavera: ma come vuoi che se ne rendano conto i vecchi gufi come te. Io non voglio diventare un vecchio gufo: io voglio andarmene a spasso a guardare le ragazze...''.

Gufo era il soprannome che era stato messo al colonnello comandante. Gli si addiceva anche per l'aspetto: con gli occhiali, un grosso naso vermiglio, che sembrava un becco, la bocca piccola, il mento che rientrava e la calvizie, dava davvero l'idea di un uccellaccio di rapina. Molto spennacchiato, però.

I suoi racconti, sempre gli stessi, che loro sottoposti dovevano ascoltare in cerchio, riguardavano più che altro il periodo in cui era stato sottotenente; e aveva comandato il plotone di esecuzione che aveva fucilato un uxoricida.

« Non soltanto aveva ucciso la moglie » spiegava il colonnello « s'era anche comportato in modo abbominevole: tagliandola a pezzi, mettendola in una valigia e andando a depositarla alla stazione... I ferrovieri se ne accorsero dal cattivo odore che mandava. Avvertirono i carabinieri, che a loro volta aprirono la valigia: il delitto fu quindi scoperto con ventiquattr'ore d'anticipo. Furono avvertiti i posti di frontiera, e il nostro uomo venne preso, mentre tentava di espatriare. Notate bene: dalla Spezia in poche ore si raggiunge Ventimiglia, ma quello, invece di prendere il treno, aveva voluto portare i fiori sulla tomba della prima moglie... »

Il colonnello che c'era stato dopo il "gufo" era soprannominato "Non è vero?" perché aveva il vizio d'introdurre in ogni discorso quell'intercalare. "E me? Come m'avranno soprannominato?" pensava Varallo. "Difetti fisici non ne ho; difetti del modo di parlare, nemmeno..."

Alla scuola, lo avevano chiamato "l'ultimo dei Mohicani" per la sua prestanza; da subalterno, "il maggiorato fisico", ed era sempre la stessa storia; da capitano "il bel tenebroso" o "Arsenio Lupin", e più che al fisico si voleva alludere alla sua misteriosa vita privata. E da maggiore? Vattelapesca. Non era stato più in grado di saperlo.

« Che soprannome ho, io? » domandò all'aiutante maggiore. Quello spalancò tanto d'occhi. « Andiamo, a me può dirlo, lo sa che non me la prendo mai di niente. »

« Io per lo meno non ho mai saputo che ne avesse uno. Giuro » aggiunse vedendo la sua espressione incredula.

« Com'è possibile? Tutti i miei predecessori avevano un soprannome. »

« Ma non nacque mica subito. Ci volle tempo. Ecco, dopo questo fattaccio può darsi che nasca un soprannome anche per lei. »

Tra sé e sé sapeva come avrebbe dovuto essere ribattezzato: "il menefreghista". Sembrava che non gliene interessasse nulla che andasse tutto a carte quarantotto. Oh Dio, l'Arma era una roccia, aveva passato indenne ben altre tempeste. La leggerezza del colonnello Varallo era solo una bazzecola...

A mezzogiorno e mezzo Varallo si trasferiva alla mensa ufficiali. Lo faceva per non mangiar solo, e anche per la convenienza: con meno di mille lire si aveva infatti un pasto completo, la domenica c'era perfino il dolce. Il vino doveva essere pagato a parte: Varallo ne prendeva una bottiglia ogni due o tre giorni. Il suo posto era in fondo alla sala, sempre il solito, ma i commensali variavano: a volte erano i comandanti di battaglione, a volte i comandanti di compagnia, a volte addirittura i subalterni. Gli sposati, andavano a mangiare a casa oppure restavano lì, attirati dal prezzo bassissimo.

Per Varallo non faceva differenza essere alla mensa oppure in ufficio, aveva intorno le stesse persone, che si facevano un obbligo di tenergli compagnia, mentre lui avrebbe preferito essere solo: ma adesso non ci poteva più stare. La compagnia gli era indispensabile, per riempire il vuoto che s'era prodotto nella sua vita. Fosse pure quella di persone che gli erano antipatiche, come i sottoposti in caserma; o indifferenti, come Carolina a casa.

Quel giorno a tavola aveva come compagni di mensa i due subalterni della prima compagnia del primo battaglione: che si levarono rispettosamente in piedi appena arrivò. « Comodi, comodi » disse Varallo sorridendo. E, perché quelli sedessero, cominciò a dare lui il buon esempio.

In loro rivedeva il se stesso di tanti anni prima. Erano

giovani, erano entusiasti, erano stupidi come lo era stato lui per tanto tempo. Uno dei due era addirittura della sua città, di Trieste. Varallo fu contento di non avere come compagni di mensa i comandanti di battaglione o di compagnia, che si sarebbero fatti un dovere di pendere dalle sue labbra. Non si sentiva di condurre una conversazione; gli avrebbe fatto piacere seguirla.

Prima che arrivasse lui, i due subalterni erano impegnati in un'accanita conversazione; ma erano ammutoliti appena lo avevano visto. Poteva darsi che la timidezza giocasse loro un brutto scherzo; o poteva darsi che l'oggetto dei loro discorsi fosse proprio lui, Varallo.

« Di che stavate parlando? » disse Varallo. « Continuate, vi prego. »

Il carabiniere addetto al servizio venne a prendere le ordinazioni. Vedendo che restavano zitti, Varallo insisté: « Per caso, parlavate del delitto avvenuto a casa mia? Continuate come se io non ci fossi. Mi piace sapere come la pensano gli altri ».

« Ecco, se proprio devo dirle la mia schietta impressione... » cominciò il triestino; « lei s'è cacciato in un bel guaio, signor colonnello. »

« Non si rivolga a me, si rivolga al suo collega. A me farebbe piacere che fosse una conversazione sentita per caso. Non mi capita mai: invece vorrei che mi capitasse. A proposito, che dice il giornale? »

« Dice che la sua posizione si va sempre più aggravando... Riferisce che lei non ha un alibi, che avrebbe avuto un movente per compiere l'omicidio e che dovrebbe essere arrestato. »

« Ah, dice così? » fece Varallo con indifferenza, come se si trattasse di un altro. « La cosa curiosa è che questi addebiti mi sono stati mossi solo stamani. Come ha fatto quel giornalista a conoscerli in anticipo? »

« Non creda che io compri sempre questo giornale » disse il subalterno triestino. « L'ho comprato stamani perché ho saputo che c'erano queste notizie... »

« Lei è libero di comprare il giornale che crede » disse il colonnello. « Ci mancherebbe altro. Quando ero giovane io c'era un'altra mentalità, i superiori controllavano anche le nostre letture... Io, del resto, a quel tempo condividevo certe idee» aggiunse in fretta.

Si rivolse a tutt'e due gl'inferiori:

«Che ne pensa la truppa?».

Da principio volevano far credere di non saperlo. Il colonnello insisté:

«Voi siete a contatto con gli uomini: conoscerete i loro umori».

«Be', alcuni commentano con favore il fatto che l'inchiesta sia condotta con severità, senza guardare in faccia a nessuno; altri sostengono che bisognerebbe aver maggiore riguardo per le persone...»

«Mi riferisca i loro discorsi precisi.»

«Lei sa che è molto amato fra la truppa» disse il subalterno.

«Io credevo il contrario» lo interruppe subito il colonnello. «I sottoposti amano che i loro superiori siano severi... Ai loro occhi è una garanzia perché siano anche giusti. Che severità volete che sia la mia, che un biglietto di punizione l'ho in orrore come poche altre cose... L'aiutante maggiore me ne porta in continuazione a controfirmare, e io li strappo tutti e li butto nel cestino.»

«Ma è appunto quello che apprezzano gli uomini.»

«Vorrei poterle credere; ma la mia convinzione è un'altra. Per cui, me li immagino i loro commenti: Quella pappa molle del colonnello, diranno, s'è messo nei guai fino al collo.»

«Gli uomini apprezzano il fatto che lei si sia dato tanto da fare per migliorare il loro vitto.»

«Questo lo posso anche credere. Gli uomini apprezzano i piccoli vantaggi, che sono procurati loro dai superiori.»

«Insomma, lei non vuol credere che alla truppa dispiaccia vedere il colonnello comandante mescolato in questa faccenda?»

«Non ho detto niente del genere» si affrettò a rispondere Varallo. «Io credo anzi che lo spirito di corpo sia un legame potente.»

« Già, ma come viene tutelata la solidarietà che si stabilisce spontaneamente tra noi? Non è più come ai tempi di De Lorenzo, quando anche un carabiniere semplice si sentiva protetto. Chi ci dovrebbe tutelare, se ne lava la mani... »

« Oggi l'Arma fa un'altra politica » spiegò il colonnello. « Cerca di mostrarsi imparziale. È pronta a dare addosso ai sovversivi di destra e di sinistra... E se qualche membro si mette nei guai, lo abbandona al suo destino. »

« Lei non ha avuto un abboccamento col comandante generale dell'Arma? »

« Certo che l'ho avuto. Mi mandò a chiamare subito il primo giorno. E mi fece una solenne lavata di capo... Disse che me l'ero voluta. E che lui non avrebbe mosso un dito per aiutarmi. »

« Le pare una cosa fatta bene? » domandò il subalterno triestino, che era il più ciarliero dei due.

« Certo che mi pare una cosa fatta bene. A questo mondo ognuno se la deve sbrogliare da sé. »

« Scusi se la contraddico, signor colonnello, ma secondo me in queste circostanze si dovrebbe essere solidali. »

« La pensava così De Lorenzo. Quando c'era lui, un carabiniere non rispondeva nemmeno dei reati comuni. Ma io non la penso affatto in questo modo. Io penso che l'Arma non debba trasformarsi in un'associazione a delinquere, in una cosca mafiosa. »

« Scusi se non la seguo, signor colonnello. Come può un'Arma che è legalitaria per definizione trasformarsi in una banda di fuorilegge? »

« Lo può benissimo » rispose il colonnello. « Ma scusate, signori, se non ci fossero questi pericoli sarebbe una cosa semplicissima gestire la cosa pubblica. Avete visto alla televisione *Holocaust?* Come va che dei servitori della legge si sono trasformati in belve umane? »

« Effettivamente quel film dava da pensare. Ma non si tratta del nostro caso. Io dico, molto più semplicemente, che quando un membro dell'Arma è in pericolo, gli altri devono stringersi intorno a lui. »

« Ditemi la verità: mi considerate in pericolo? »

« A sentire questo giornale, sì. »

« Codesto giornale non dice la verità » lo interruppe l'altro. « La verità la dicono i giornali di destra... »

« Lasci finire il suo collega » disse Varallo. « Qual è la sua opinione in proposito? » e fissò spavaldamente negli occhi il giovane sottotenente triestino.

Quando lo aveva conosciuto, s'era sforzato di metterlo a proprio agio dicendogli: « Vedo che siamo della stessa città ».

Non soltanto erano tutt'e due triestini, erano anche, tutt'e due, oriundi meridionali. In Varallo la faccenda era meno evidente, a causa di quel cognome, ma nell'altro anche il cognome faceva la spia dell'origine: Cacciapuoti. Uno che si chiamava in questo modo, non poteva essere triestino puro sangue...

Invitato dal suo colonnello, Cacciapuoti parlò:

« Secondo me lei la sta prendendo troppo alla leggera. Per esempio, ha pensato a rivolgersi a un avvocato? ».

« Perché mi ci sarei dovuto rivolgere? Io non sono colpevole di niente. »

« Ma non può provarlo. Voglio dire, non ci sono testimoni che l'abbiano vista altrove nell'ora del delitto. »

« Ce ne sarebbero se prendessi un avvocato? »

« Lei lo sa come sono gli avvocati » disse Cacciapuoti. « Sanno meglio di noi come vanno queste faccende... I testimoni, se non ci sono, li fabbricano... »

« Io non ho bisogno di prove false » disse Varallo. La sua affermazione, netta, recisa, ebbe l'effetto di mettere a tacere i due sottotenenti. Il resto del pranzo vide svolgersi altre chiacchiere. Cacciapuoti e il suo collega si misero a parlare di sport: Varallo seguiva avidamente i loro discorsi. Si rendeva conto che gli altri possono avere gl'interessi più varii: ecco per esempio che quei due fuori servizio si esaltavano per le imprese di un ciclista di cui a lui non interessava nulla.

Da ultimo Cacciapuoti gli chiese:

« Quanto è che non torna nella nostra Trieste, signor colonnello? ».

« È tanto. Ormai ho acquistato la mentalità del romano. Sono diventato pigro... »

« Io almeno un salto ce lo farei. Vorrei rivederla la mia città prima di... »

« Prima di? Concluda. »

Cacciapuoti cercò disperatamente di riempire quel vuoto:

« Prima di andare in pensione. Può darsi che la vista di Trieste le faccia cambiare idea ».

« La domanda di dimissioni non la ritirerei in nessun caso » disse il colonnello. « Ormai con la vita militare ho chiuso. »

Si alzò; i suoi sottoposti fecero lo stesso. Si alzavano anche dagli altri tavoli, e al colonnello toccò rispondere a molti saluti.

Cacciapuoti aveva certo cambiato la frase all'ultimo momento. Senza dubbio intendeva dire: "Prima di finire in carcere". Era un pessimista, se non addirittura un colpevolista.

"Non capisco" pensava il colonnello "crede che mi vada a finir male, forse mi considera colpevole... e parla di una solidarietà che dovrebbe instaurarsi tra noi... Non m'è venuta la parola, altrimenti gliel'avrei buttata in faccia. Gli avrei detto: Cosa parla di solidarietà. Parli piuttosto di omertà."

Scese dalla palazzina del comando e andò verso la macchina nel centro del cortile. La mise in moto, girò intorno alle altre e uscì.

Gli era toccato rispondere al saluto della guardia. Spesso, quando arrivava, non faceva in tempo a schierarsi; ma quando se ne andava, non poteva sperare in un'analoga fortuna.

Le strade, a quell'ora, erano deserte. Molti dei semafori non erano in funzione. Varallo fu a casa in un batter d'occhio. Il portiere lo salutò con la sua aria cerimoniosa: "Un altro burocrate" pensò il colonnello disgustato. Gli tornò in mente anche la figlia, che sarebbe dovuta andar da lui a rallegrargli la serata.

Doveva andare da lui solo tardi, alle sette; invece venne quasi subito:

« T'ho visto rientrare e non mi sono potuta tenere ».

« Se t'avessi visto io, t'avrei fatto segno » disse il colonnello. « Oggi ho bisogno di compagnia. Non disdegnavo nemmeno quella dei miei sottoposti, che pure mi sono odiosi... »

« Perché? » fece la ragazza meravigliata.

« Perché hanno tutti l'aria soddisfatta. Uno bisogna che sia scontento di quello che è, per cominciare ad essere una persona passabile... »

« Non ti capisco » disse la ragazza. « Tu non sei soddisfatto di te? »

« Non sono soddisfatto no. Ho sbagliato tutto nella vita. »

« Eppure hai fatto una bella carriera » disse accarezzandogli la manica.

« Non avrei mai dovuto cominciarla. Avrei dovuto prendere un ramo civile, uno qualsiasi: in modo da diventare un bancario, o un assicuratore, o un capo-divisione... Sarebbe sempre stato meglio che essere costretto a indossare questa livrea. »

« Se avessi fatto una carriera civile, non avresti la divisa, che ti sta così bene. »

« Mi starà anche bene, ma io la considero una livrea. Di' la verità: se non fossi stato un colonnello dei carabinieri, non ti saresti nemmeno accorta di me. »

« Se la prima volta che venisti a casa mia, eri in borghese. »

« Già, è una delle cose che mi ha contestato il commissario. »

« A proposito, che ti ha detto? Ora faccio un po' parte della tua vita, voglio sapere tutto. »

« La cosa più grave, è che manco di un alibi per l'ora del delitto. E che avrei avuto un movente per compierlo. »

« Be', e non ti credono sulla parola? La parola di un colonnello dei carabinieri è sacra. »

« Non per il commissario. E tu cosa ne dici? Ti sembro sincero?» Le accarezzava i peluzzi sopra il labbro.

«Per la faccenda del delitto, sì, per la faccenda con me, no. Ieri me ne hai dette tante... ma io non ho creduto una parola. Già, me le hai dette in un momento particolare, e io so che gli uomini, in momenti come quelli, si lasciano andare...»

«In che momenti?» fece il colonnello; ma aveva capito benissimo.

«Quando eravamo qui sul letto» disse la ragazza.

«Col tuo fidanzato, dove lo facevate?»

«La prima volta, l'abbiamo fatto in campagna... Poi lui spiava l'occasione che rimanevo sola in casa.»

«Se tua mamma ti sta sempre appiccicata.»

«A quel tempo aveva un mezzo servizio, che la costringeva a uscire.» Si guardò intorno: «Certo, è più comodo qui, in questa bella casa...».

«È una casa piccola; non andrebbe bene per due persone.»

«Vuoi mettere con la mia. Anche lì siamo ammucchiati, ma qui almeno i mobili fanno figura... Che figura vuoi che facciano dei mobili come quelli che abbiamo noi? Son serviti solo a rovinare la tappezzeria... Tu non l'avrai notato, ma in salottino c'è l'impronta bianca della credenza che abbiamo dovuto spostare. Ora non sarai d'accordo, ma conta tanto la figura che uno fa...»

«Vuoi dire che in divisa sto meglio che vestito in borghese?»

«Anche in borghese sei un signore elegante, ma in divisa si vede subito che sei un pezzo grosso... Ma io lo dicevo per un'altra cosa. Dicevo che c'è molto più gusto a fare all'amore qui, su questo bel divano, che su quello di casa mia: la tappezzeria è tutta strappata e le molle scricchiolano...»

«Be', gl'ingredienti sono quelli» disse il colonnello. Gli tornò in mente l'espressione di Elena, "l'amore tanto per fare". "Sarà anche tanto per fare, ma in questo momento ne ho voglia e lo faccio."

Dopo, si disse che avrebbe dovuto aspettare. Senza quel contentino, come avrebbe passato la serata?

V

Il colonnello sentiva stringere il cerchio intorno a sé. Aveva addirittura l'impressione di essere sorvegliato.

In quelle condizioni, avrebbe fatto meglio a lasciar perdere Carolina: invece, non perdeva occasione di tirarsela in casa. Prendeva anche meno precauzioni che in passato. Tanto, la sua innocenza avrebbe trionfato in ogni caso.

Una mattina, sentì suonare: credeva fosse la ragazza, che ormai gli andava per casa a tutte le ore, invece era il commissario. L'aggredì: «Come mai non mi ha fatto più sapere niente? Lo sa che queste indagini mi stanno particolarmente a cuore?».

Il commissario lo guardò in modo curioso:

«Cosa le devo dire? L'alibi del marito s'è rivelato consistente... Ha resistito a tutte le nostre verifiche. Mica mi sono contentato della parola di quel collega d'ufficio. L'ho fatto seguire... Finché ho dovuto lasciar perdere anche quella pista».

«Sicché è tornato al punto di prima.»

«Proprio al punto di prima, non direi. Comincio a farmi un'idea delle persone... Per esempio, è vero che lei s'è già trovato un'altra donna?»

«Chi gliel'ha detto?» domandò subito il colonnello.

«Il portiere. Si tratta di sua figlia... Allora? Conferma o non conferma?»

«Confermo. Ma si tratta di una cosa molto differente da quello che può apparire.»

«I fatti, li lasci giudicare a me» disse il commissario.

Varallo desiderava una cosa sola, veder la ragazza per

poterle domandare se era stata lei a dire in quel modo al padre.

Il commissario prese congedo quasi subito e lui senza tanti complimenti domandò al portiere dov'era sua figlia.

«In casa. Che cosa vuole da lei?»

«Solo parlarle un momento» rispose il colonnello.

Carolina si presentò subito. Il colonnello entrò senz'altro in argomento:

«Il commissario mi ha chiesto se è vero che eri diventata la mia amante».

«Avrai negato, spero.»

«Come avrei potuto fare, se era stato proprio tuo padre a metterlo al corrente? Per caso, gliene avevi parlato tu?»

«Io? No davvero. Non è mica una cosa che mi faccia onore.»

L'aria scandalizzata della ragazza persuase subito Varallo. «Chi può averglielo detto, allora?»

«Io credo che non glielo abbia detto nessuno. Se ne sarà accorto da sé. Ho avuto voglia a prendere precauzioni, e a fare la faccia più indifferente del mondo quando tornavo a casa, i genitori è difficile ingannarli.»

«Lo sanno tutti e due?»

«Se lo sa mio padre, lo sa sicuramente anche mia madre.»

«Da cosa te ne sei accorta?»

«Da niente. Io prima di venire qui non lo sapevo. Sei stato tu a mettermi al corrente. A proposito, avevi notato un cambiamento in loro?»

«No no» rispose Varallo. «Sono sempre rispettosi con me. Piuttosto, ti ci vorrebbe una scusa per venir qui. Potresti farle tu le pulizie, invece di tua madre. Adesso puoi dire che ti ho chiamata per dirti qualcosa delle persone a cui ti ho raccomandato.»

«Bravo, gli dirò che mi hai dato buone speranze per un lavoro.»

«E si contenteranno di così poco? Vorranno sapere di che lavoro si tratta.»

« In caso, gli dico che si tratta di un lavoro alla Rinascente. »

« Perché proprio alla Rinascente? » domandò il colonnello.

« Così, è la prima cosa che m'è venuta in mente. Sono brava a impastrocchiare le cose... »

« In un grande magazzino non ti converrebbe impiegarti » disse il colonnello. « So che pagano poco e che pretendono molto... »

« Tanto mica è una cosa vera. Lo direi solo per farli stare tranquilli. »

« In caso inventagli qualcosa di meglio. Digli che ho un amico alla televisione, a cui intendo parlare di te. »

« Fallo, ti prego: darei non so che cosa per comparire sul piccolo schermo. »

« Sul piccolo schermo... o anche sul grande? »

« No, sul grande no. Non ho mai avuto l'ambizione di far carriera nel cinema. Oggi del resto abbiamo tutti la televisione in casa; siamo tutti patiti del piccolo schermo. »

« Ora però bisogna che te ne vai, altrimenti tuo padre si mette in testa qualcosa. »

« Tanto, se l'è già messo in testa. »

« Tua madre, non t'ha detto niente? Con lei sarai in confidenza, immagino. »

« Mica tanto. Ma se avesse avuto qualcosa da dirmi, me l'avrebbe detto. Sono diversi, mio padre e mia madre: lei è chiusa, lui invece aperto. »

« Le persone sono tutte diverse tra loro. È questo che certa gente si ostina a non capire. Sognano un comportamento uniforme da parte di tutti... Ma gli uomini mica sono robot. »

« Come hai detto? »

« Robot. Robot, è una parola straniera, in italiano si direbbe automa. »

« Stando con te s'imparano tante cose » disse Carolina.

Rimasto solo, il colonnello rifletté sulla sua situazione. Agli occhi degl'imbecilli che conducevano l'inchiesta, era grave: non ci si poteva fare illusioni in proposito.

"È l'ultima cosa che vorrebbe Gabriella, povera creatura: che io fossi incriminato per il suo assassinio. Invece è proprio quello che accadrà, ci potrei scommettere che accadrà."

In caserma aveva scommesso davvero: col suo aiutante maggiore. Il quale era dell'idea che mai e poi mai avrebbero osato incriminare un alto ufficiale.

« In questi ultimi tempi hanno arrestato anche i generali » lo contraddiceva lui. « Non volete capire che i tempi sono cambiati. Un tempo quello che lei dice sarebbe stato impensabile: oggi è diventato la regola. Il governo vuol dare l'impressione di non guardare in faccia a nessuno... »

« Sicché, secondo lei, l'influenza del partito comunista sulla democrazia cristiana si farebbe sentire. »

« Senza dubbio. Mi diceva un amico che è un pezzo grosso alla RAI dei maneggi che si fanno in quell'ente: i comunisti erano contrari alla lottizzazione degl'incarichi, ma poi non è parso loro vero di prender parte alla spartizione... Lei si lascia troppo impressionare da chi assume un atteggiamento da catone. Non capisce che spesso è solo invidioso dei fenomeni denunciati. Stia a sentire: da giovane conoscevo bene un prete. Un giorno mi fa leggere un romanzo che aveva scritto, e io rimango scandalizzato da certe scene oltremodo scollacciate. Glielo feci notare, e lui mi disse che quelle scene ce le aveva messe per mostrare là propria riprovazione. »

« Perché mi ha raccontato questa storia? Per farmi capire che i moralisti si beano di certi spettacoli? »

« Sì, per quello. Io ai moralisti non ci credo: penso che non vedano il momento di mettersi al posto di chi è fatto oggetto delle critiche. »

L'aiutante citò due versi:

« *Che tutto si riduce a parer mio / a dire: Esci di lì, ci vo' star io.* Mi pare che lei la pensi in questo modo ».

« Certo. »

« Allora perché non considera un'infamia l'epurazione? »

« Lo sa, capitano, che lei fa gli stessi discorsi dei fascisti? Lasciamo perdere l'epurazione, che è acqua passata. Io sono contro la censura, che è un fenomeno attuale. »

« Eppure lei sa che è necessaria. »

« Niente affatto. La censura è una costrizione, e come tale un male: si starebbe molto meglio, e avverrebbero suppergiù le stesse cose, se non esistesse. »

« Ne avverrebbero di molto peggio. Già oggi si sono passati tutti i limiti: io ho una figlia e ho sempre paura che finisca male... Per ora è piccola, ma da grande gliene possono succedere di tutte. Può finire drogata. Quanto alla purezza, come si fa a preservarla quando nelle edicole sono appese pubblicazioni di ogni specie? »

« Non creda che io mi sia convertito facilmente all'idea di una società permissiva. Prima ritenevo che certe cose non dovessero essere permesse. Oggi penso che lo scapito sia maggiore del guadagno... Per cui, se comandassi io, la censura l'abolirei subito. »

Erano elementi a suo sfavore: il fatto che quel giorno si fosse cambiato d'abito, e non sapesse dirne la ragione; il fatto che nessuno potesse confermare la veridicità del suo racconto circa l'ora e venti passate in macchina, quando era nota la sua avversione alla guida; il fatto che Gabriella fosse intenzionata a lasciarlo. Se s'era vestito in borghese, doveva avere le sue ragioni, pensava il commissario, che credeva d'essere molto furbo. Il colonnello entrava facilmente nelle loro teste, perché erano intercambiabili. La faccenda della rivoltella arrugginita sembrava scagionarlo: ma sicuramente l'arma del delitto era stata un'altra. Il colonnello gli aveva mostrato la sua rivoltella d'ordinanza appunto per convincerlo che non poteva essere stato. Della rivoltella con cui aveva ucciso la signora Turri se n'era sbarazzato subito dopo. In borghese era senza fondina: e con questo? Una rivoltella si nasconde con facilità anche in una tasca. E poi Varallo poteva averla presa all'ultimo momento, prima di mettere in esecuzione il suo piano. Era entrato in casa, nascondendosi da qualche parte. Quando era sopravvenuta

Gabriella, le aveva sparato. I colpi non erano stati uditi in portineria, dov'erano la figlia e la moglie del portiere. Segno che la porta era chiusa. Era questo che lo aveva indotto a sospettare del colonnello. Solo il padrone di casa aveva l'autorità di tener chiuso. Il marito sarebbe stato subito da escludere, anche per la faccenda della porta. Era stato l'amante a inscenare tutta quella commedia: la porta aperta, la luce accesa, in modo che fossero altri a scoprire il delitto. Lui era tornato più tardi, fingendo di averci messo tutto quel tempo. Non aveva fatto nemmeno bene la parte, la portiera gli aveva detto che non sembrava granché addolorato.

La mattina dopo, sentì suonare. Credette fosse un'altra volta il commissario: invece era il marito di Gabriella.

« Scusi se la disturbo a quest'ora » cominciò subito costui. « Ma ho pensato che, più tardi, non l'avrei trovata. Del resto anch'io, più tardi, devo essere in ufficio. »

Varallo lo aveva accolto con gentilezza ma anche con sorpresa: « Nessun disturbo. È un'ora che sono alzato. Io la mattina mi alzo presto, anche se vado in ufficio tardi... ».

« Eh, beato lei che può fare il comodo proprio » disse il signor Turri. « Io invece ho sempre i superiori alle costole... »

« Ma si accomodi » e lo fece sedere su quello stesso divano dove si sdraiava sempre Gabriella. « Che cosa mi voleva dire? »

« Il commissario che conduce le indagini s'è messo in testa che io abbia qualcosa a che fare con la morte di Gabriella. E m'ha fatto pedinare, ha fatto pedinare il collega d'ufficio che era venuto da me quel giorno... »

« Ero al corrente di questa persecuzione. Ma adesso è finita. Adesso ci sono io nell'occhio del ciclone. Sono pedinato, spiato, sorvegliano ogni mia mossa... »

« Davvero? » fece il signor Turri stupito. « Io credevo che il suo grado e il suo ufficio la mettessero al riparo da queste cose. »

« Non mettono al riparo nessuno. In linea di principio è giusto, ma nel caso che ci riguarda ho paura che le indagini vengano sviate...» Si chinò confidenzialmente verso di lui: «Vede, io credo di saperlo chi ha commesso il delitto».

«Perché non lo dice al commissario?»

«Ci vuol tatto, con quello. È un bestione. Adesso s'è messo in testa l'idea del delitto passionale, e pensa solo a noi. Poiché lei non può essere stato, sono io l'oggetto delle sue attenzioni. Mi aspetto di venire arrestato da un momento all'altro...»

«Lei quindi esclude il delitto passionale.»

«Non lo escludo affatto. Credo anzi che si sia trattato di un delitto del genere. Se si è trattato di un delitto passionale, non può essere stato che il marito o l'amante: lei sa come ragionano certe persone.»

«Io, solo perché non ho mai fatto storie, pur essendo al corrente della vostra relazione, avrei dovuto essere escluso fin dal primo momento...»

«Anch'io, se solo si conoscesse la mia personalità: sono alieno dalla violenza, non ho mai fatto male a una mosca... Ma come vuole che un commissario di polizia ragioni. Se ha scelto di fare un mestiere del genere, vuol dire che ha quella mentalità lì. Sì, lo so, anch'io sono vestito da colonnello dei carabinieri: ma l'abito non fa il monaco» concluse sorridendo.

Nel caso degli ufficiali che conosceva, l'abito faceva il monaco. L'abito faceva il monaco quasi sempre.

Di tutti gli ufficiali del suo reggimento, non ce n'era uno che non avesse quella mentalità lì. Lui del resto l'aveva condivisa fino a poco tempo prima.

Li passò in rassegna uno dopo l'altro. O meglio, era questo il suo proponimento, esaurire la rassegna, invece quando fu all'aiutante maggiore per associazione d'idee saltò al commissario di pubblica sicurezza. Gli aveva detto di considerare l'intera faccenda una grana, e c'era da giurare che avesse detto la verità: Monte Mario era un quartiere tranquillo, e lui se ne stava in pace al commissariato, quando gli era capitata tra capo e collo quella po' po' di tegola. Non che prima non dovesse occuparsi dei delitti commessi nel quartiere. Ma erano delitti da poco:

furtarelli, ricatti, atti osceni in luogo pubblico... Questo invece era un omicidio, mica storie. Maturato per di più in un ambiente che, visto dal di fuori, sembrava rispettabile.

Se una prostituta viene trovata morta in mezzo alla strada, si pensa subito che l'abbia fatta fuori lo sfruttatore, il pappone. Lo si arresta, e lo si chiude senza tanti complimenti in gattabuia. Può darsi che questo trattamento lo induca a parlare. Ma nel caso di una donna trovata uccisa nell'appartamento di un colonnello dei carabinieri?

Va bene, la soluzione di un caso del genere l'avrebbe messo in buona luce presso i superiori, l'avrebbe agevolato nella carriera... Varallo sospettava che il commissario ambisse a salire in alto, a diventare questore, addirittura capo della polizia... Sembrava giovane: ma poteva darsi che fosse solo un'impressione. "Anch'io in apparenza sembro giovane... ho appena qualche filo bianco sulle tempie. Ma sono vecchio dentro: mi sembra d'essere al mondo da centinaia d'anni. Mi sono cadute tutte le illusioni, sugli uomini e sulle donne. È questo che Carolina non vuol capire, che nemmeno la povera Gabriella voleva capire."

Come si conciliava la sua mancanza d'illusioni sugli uomini col fatto che andasse ripetendo che ogni uomo valeva più di quel che sembrasse, e che tutte le etichette erano prive di valore? "Nel profondo ciascuno è un'entità; in apparenza ha la maschera che la società gl'impone di portare."

«Se lei ha un'idea di chi può aver commesso il delitto» gli stava dicendo il signor Turri «è suo dovere parlarne al commissario.»

«Venendo da me, il suggerimento non sarebbe preso in considerazione. Il commissario lo considererebbe come un nuovo tentativo da parte mia di sviare le indagini. Che ormai, a suo modo di vedere, stanno per concludersi. Il commissario ritiene di avere accumulato sufficienti indizi contro di me per potermi incriminare.»

«Questi indizi, chi glieli ha forniti?»

« Io: non è la prova che sono innocente? »

« Sì, per me, per tutti quelli che capiscono qualcosa... Ma per chi non è in grado di capire? Lasci che glielo dica, ho l'impressione che lei in questa trappola ci si sia cacciato da sé. »

« Infatti. »

« Perché s'è comportato in questo modo, se conosceva i suoi polli? »

« Perché non me ne importa niente d'essere libero. Qualcosa dentro di me s'è spezzato: non sono più attaccato alla vita. »

« Quant'è che ha cominciato a sentirsi così? »

« Sono anni. »

« Prima che conoscesse Gabriella? »

« Prima ancora. Per Gabriella io ero il condensato di tutte le perfezioni. Senta come sono poco perfetto: pochi giorni dopo l'assassinio di Gabriella, non ho esitato a farmi un'amante. »

« Il commissario lo sa? » s'informò subito il signor Turri.

« Sì. È venuto a contestarmelo ieri. »

« E lei, con la franchezza che si ritrova, non ha fatto nemmeno il tentativo di negare. »

« No. Il commissario si sarà confermato nell'idea che io sia un individuo spregevole, un insensibile, un libertino... E forse non è andato lontano dalla verità. »

« Se poc'anzi ha detto che non capisce niente. »

« Infatti procede per frasi fatte. Può darsi tuttavia che il cliché del libertino mi vada a pennello. Ma scusi, cos'è che mi spinge a passare da una donna all'altra se non il bisogno di riempire con qualcosa le mie giornate? »

« Be', è il modo più gradevole di riempirle. Lei è un uomo fortunato, signor colonnello. »

« In apparenza. Siccome ho un aspetto giovanile e sono già colonnello... Sa qual è stata la mia maggiore fortuna? Che Gabriella sia morta... La necessità di riempire il vuoto angoscioso delle giornate, ha rinfocolato il libertinaggio... »

« La capisco, ma io sono una persona intelligente:

spero che questi discorsi non li vada a fare al commissario. »

« Non glieli ho fatti, benché me ne fosse venuta voglia... Ma come ragiona certa gente? Non capisce che, se uno è vizioso, difficilmente sarà spinto a commettere un omicidio... »

« Non ha detto che lei non crede in niente? Potrebbe essere stato questo a spingerlo... »

« No » rispose il colonnello. « Il niente non può produrre nemmeno un omicidio... Può produrre solo l'inazione. È l'unico argomento che mi trattenga dall'essere sicuro che l'omicidio sia stato commesso da una certa persona... »

« Chi sarebbe? »

« Una donna. Una certa Elena Raicevic... »

Al commissario arrivò una lettera anonima. Lo scrivente consigliava di sorvegliare i movimenti di una certa Elena Raicevic, che aveva vissuto in casa di Varallo e adesso stava con un giornalista. Il commissario s'irritò subito non vedendo la firma. Di lettere anonime era abituato a riceverne molte: ma sapeva che non sono attendibili.

A ogni modo, per uno scrupolo, andò a controllare la veridicità dell'affermazione. I portieri gliela confermarono.

Era presente anche la ragazza che era diventata l'amante del colonnello: il commissario la guardava con ostilità. "Sempre fortunato" pensava, perché la ragazza era davvero piacente. Il fatto che fosse destinata a ingrassare non turbava affatto il commissario a cui piacevano le grasse, essendo marito di una donna magra e ossuta.

"Lì dev'esserci più soddisfazione a mettere le mani" pensava guardando il seno messo in evidenza dal vestito indossato. Le guardava anche le gambe, abbondantemente in mostra. Erano un po' grosse, ma questo non era un difetto ai suoi occhi.

Carolina le teneva sul regolo della sedia su cui stava la

madre. Accorgendosi che il commissario gliele guardava, tentò di coprirle tirando la veste, ma in questo modo non fece che scoprire maggiormente il sotto delle cosce. Il commissario guardava con voluttà tutto quel bel bianco.

Non potendo goderne lui, si accaniva col pensiero contro chi ne godeva: "Avrà modo di rimpiangerle quando sarà in gattabuia". Anche il giorno avanti era stato dal questore per proporgli l'arresto di Varallo; purtroppo quel pauroso aveva cercato di prender tempo: « Non mi pare che lei abbia ancora raccolto indizi sufficienti. Il magistrato potrebbe ordinare il rilascio, e allora noi che figura ci faremmo? ». « Per me la mancanza di un alibi non è un indizio: è una prova » aveva replicato il commissario.

« O indizi o prove, devono essere schiaccianti. Debbono inchiodarlo alle proprie responsabilità. In modo che confessi. Ha mai tentato di farlo confessare? »

« No » rispose il commissario. « Sa, il fatto che fosse quasi un collega mi ha indotto a essere prudente... »

« Lo vede che anche lei esita a prendere un provvedimento così grave? Vorrebbe che fossi io a prenderlo per potersene lavare le mani... »

« E se nel frattempo fugge all'estero? Ritiriamogli il passaporto, almeno. »

« Se fugge, si accusa. »

Ripensando al colloquio col questore, si sentì irritato dal modo com'era scritto il nome sulla targhetta. C'era solo Varallo ma grosso. "Come i medici o gli altri professionisti" pensò il commissario. "Solo che un professionista ci mette prima dottore, professore... Questo, niente, come se fino da quel tempo avesse disprezzato il proprio lavoro."

Decise di suonare: "Facciamogli paura, almeno. Scommetto che ogni volta che mi vede, gli prende un colpo".

Venne ad aprirgli il colonnello, in divisa e senza gli stivali. Disse subito:

« Scusi se mi faccio trovare in queste condizioni. La mattina, finché non vado in ufficio, resto in ciabatte... ».

«Tanto mi trattengo un momento solo. Non mi metto nemmeno seduto. Ho bisogno di un saggio della sua scrittura. Si fornisca di un foglio e di una penna. Scriva... »

«Che devo scrivere? »

«Una cosa qualsiasi. Ecco, finga che la lettera sia indirizzata a me. Scriva: Egregio dottore, con la presente sono a informarla... »

Standogli alle spalle, vide subito che non poteva essere l'autore della lettera anonima. Tuttavia si mise in tasca l'inizio di quella finta lettera, irritato dal fatto che fosse scritta su carta intestata.

Una volta fuori del palazzo, la esaminò. L'intestazione diceva: Caserma dei Carabinieri... "Cosa crede, d'intimorirmi? Non lo sa che polizia e carabinieri siamo come cani e gatti? Riderà bene chi riderà l'ultimo" concluse affrettando il passo.

Non desiderava tornare a casa, benché stesse a due passi. La presenza della moglie (che era professoressa di matematica e non poteva essere andata ancora a scuola) bastava a fargliela prendere in odio. Certo, la donna che avevano adesso era graziosa: il commissario stava sempre a domandarsi come mai la moglie l'avesse assunta, dopo che le precedenti erano tutte vecchie. Forse per mettergli sotto gli occhi l'estrema abbiezione di un uomo, quando s'incapriccia di una ragazza. Gli raccontava apposta che la domenica quella andava a ballare. Gelosa com'era, gli stava sempre addosso. Vesce che come commissario di polizia era un pilastro dell'ordine costituito, nell'ambito privato avrebbe volentieri buttato all'aria ogni cosa.

Il commissariato era il suo orgoglio, ma perché gli permetteva ogni sorta di malvage soddisfazioni. Era anche il suo rifugio, il polo opposto alla casa, che aveva in odio. Così si affrettava verso di esso, benché non avesse nulla di urgente da sbrigare.

La moglie era una lungagnona, un bel po' più alta del marito. Sebbene non fosse mai stata bella e avesse passato da un pezzo i quarant'anni, si permetteva qualche civetteria.

Era questo a mandarlo in bestia. Come non aveva capito, la moglie, che non poteva entrare in concorrenza con le giovani?

Aveva sempre portato gli occhiali: lui l'aveva conosciuta così. Come mai, allora, parlava di mettersi le lenti a contatto?

Una volta giunto sotto l'ufficio, si fermò a riprender fiato. Il saluto dell'agente di servizio lo aveva messo di buonumore. Lui era il commissario di pubblica sicurezza, vale a dire un'autorità. Era compreso della propria importanza, e l'avrebbe fatta pesare sul colonnello.

In che modo? Convocandolo lì. Dove aveva già convocato quell'Elena Raicevic.

Se aveva a che fare con Varallo, era sicuramente una bella donna. Già questo rendeva scettico il commissario che fosse lei l'assassina.

Perché mai una bella ragazza avrebbe dovuto assassinare qualcuno? È vero che era bello anche Varallo...

Non si poteva generalizzare dunque. Varallo entrava in qualche modo nella lettera anonima: era un modo di stornare la tempesta che stava addensandosi sul suo capo.

Non era la sua calligrafia, e con questo? Poteva benissimo averla fatta scrivere a qualcun altro. A sua volta aveva fatto la prova di calligrafia proprio sulla carta intestata, in modo da confondere le idee al commissario.

Che era sempre più convinto che la lettera fosse partita dalla caserma dei carabinieri. "Bisognerà che senta l'aiutante maggiore" si disse.

Fin dal primo momento s'era fatto l'idea che l'assassinio potesse essere stato commesso solo da un uomo. Una donna non poteva avere agito con tanta freddezza. Le cose dovevano essere calcolate in anticipo. La povera signora era stata uccisa alle sette, dopodiché il colonnello era andato a buttar via la rivoltella. In un posto già stabilito.

Anche l'aria dimessa e svagata era un trucco per fargli credere di essere molto diverso dall'individuo freddo e determinato, che solo poteva aver commesso un delitto del genere. È vero che questo non concordava con la testimonianza del portiere e dell'aiutante maggiore: unanimi nel dipingere Varallo come uno scapato. "Uhm" brontolò il commissario. "O sbagliano loro nel giudicare il colonnello, o sbaglio io: non esiste una terza possibilità."

C'era un particolare che Vesce s'era tenuto per sé: l'esame balistico aveva rivelato che i colpi erano stati esplosi da dietro. Se la perizia era nel giusto, si trattava di un indizio in più contro il colonnello.

Le chiacchiere dei portieri avevano appreso al commissario che la relazione più lunga Varallo l'aveva avuta con un'altra donna: una certa Gilda Tavanti, che viveva pochi portoni più giù. Il commissario si propose di farle visita nel pomeriggio.

Riteneva che fosse suo dovere seguire tutte le piste: anche se non aveva dubbi sull'identità dell'assassino. La sua speranza del resto era che Varallo facesse una mossa falsa, smascherandosi. Per questo era bene sottoporre a interrogatorio le sue ex amanti. Anche le sue amanti attuali: la prossima convocazione il commissario pensava di riservarla alla figlia del portiere.

Era bene che Varallo fosse messo al corrente di tutti questi interrogatori. Poteva darsi che perdesse la testa. Ha voglia uno a essere freddo: quando sente stringersi il cerchio intorno, può anche commettere lo sbaglio che lo perde.

Venne a scuoterlo dalla sua meditazione il piantone, che lo avvertì dell'arrivo della signorina Raicevic. Il commissario si accinse di malavoglia a un interrogatorio che in cuor suo riteneva inutile.

VI

Elena s'era messo un vestito viola che indispose subito il commissario. Il quale la giudicò un'eccentrica.

Per quale motivo s'era andata a mettere quell'abito vaporoso che le scendeva fino ai piedi? E perché aveva indosso tutti quei monili di poco conto? Al dito faceva spicco un anello sardo: di un metallo vile, non d'oro o d'argento. Anche il vezzo di perle era di poco prezzo: si vedeva lontano un miglio che erano perle coltivate.

Eppure Elena proveniva da una famiglia facoltosa. Il padre era un ricco industriale. Possibile che non le avesse mai fatto un regalo di pregio?

Gliene aveva fatti molti. Elena li aveva portati con sé: ma non li metteva. Preferiva quel ciondolo che era un regalo del suo amante, quando viveva poveramente, e la fede sarda che le dava l'illusione di essersi legata a lui per sempre.

Il commissario esordì domandandole se era al corrente che nella casa del suo ex amante Varallo era stato commesso un assassinio. Elena cominciò col negare che si trattasse del suo ex amante:

«Una volta ci sono stata quasi un mese ma questo non vuol dire che ci sia andata a letto insieme».

«La famiglia del portiere, è convinta del contrario.»

«La famiglia del portiere, giudica in base alle apparenze.»

«Anch'io giudico in base alle apparenze: in base a cosa vuol giudicare? Se una ragazza sta nella casa di uno scapolo per un mese, vuol dire che ne è diventata l'amante. Altrimenti, che ci starebbe a fare?»

« Non saprei spiegarglielo » rispose Elena.

« Dove dormiva? »

« Nel divano-letto. »

« E il colonnello? Voglio dire lui, Varallo? Avrà avuto un grado inferiore, immagino. »

« Era capitano. Dormiva in una branda sistemata in uno stanzino. »

« Come mai? Mi sembra fosse molto più comodo dormire in salotto. »

« In salotto ci dormivo io. »

« Forse lui se n'era andato a dormire nella branda dopo che era arrivata lei? »

«No» rispose Elena. « Ci dormiva anche prima. »

« Lo so che è uno stravagante » disse il commissario, come se parlasse tra sé. « In altre parole, dormivate separati. »

« Sì » disse Elena. « Io non sopporto, quando dormo, di avere un'altra persona accanto. Anche adesso che convivo con un uomo, dormiamo nella stessa camera, ma ognuno ha il suo letto » concluse diventando rossa.

Il commissario cominciava a farsi un'idea della donna. "Una stravagante, un'eccentrica": era in questo modo che la definiva. « Non mi vorrà far credere che il suo rapporto con Varallo sia stato di semplice coabitazione. »

« Proprio così, invece. »

« Fosse un altro, potrei anche crederci, ma nel caso di Varallo... »

« Perché? Cos'ha di tanto speciale? »

« È un donnaiolo. Uno, che se una ragazza gli va in casa, cerca subito di portarsela a letto. »

« Fece il tentativo anche con me » ammise Elena. « Ma gli andò male. Allora ero vergine, non ammettevo debolezze. »

« In ogni caso il fatto che fosse o non fosse l'amante di Varallo, è un particolare trascurabile » disse il commissario. « Si tratta di una storia vecchia. Dopo, lei ha avuto altri incontri con Varallo? »

« L'avrò visto quattro o cinque volte » disse Elena. « Sa, siamo amici. L'ultima volta... sarà stato un due anni fa. »

« È strano che non vi vediate più spesso » osservò il commissario.

« Varallo deve avermi conservato un po' di rancore per quella volta che gli stetti lungamente in casa e non riuscì a far niente con me. Non m'ha mai ricercata. L'ho sempre ricercato io... o ci siamo incontrati per caso. »

« Come ha saputo del delitto? » domandò il commissario, che si annoiava di tutta quella psicologia.

« Leggendo i giornali. Io ne ho sempre molti in casa, l'uomo col quale sto è un giornalista. »

« Come si rese conto che si trattava di Varallo? »

« Lo immaginai subito, appena lessi il titolo. Poi la lettura del testo mi confermò che avevo indovinato. C'era infatti il nome del proprietario dell'appartamento, storpiato ma riconoscibile. C'era anche il suo: non è lei il commissario Vesce? » Si sporse confidenzialmente verso di lui: « Per quanto, più dei nomi, m'interesserebbero i segni zodiacali ».

« Crede anche lei in queste stupidaggini? »

« Non sono stupidaggini » si risentì Elena. « Finora gl'influssi degli astri mi sono stati di grande aiuto nel capire le persone. Varallo per esempio è un Pesce: questo spiega la sua propensione per le donne... »

« Veniamo all'ultima domanda: che ha fatto la sera del 12? In particolare, dove si trovava tra le sette e le sette e mezzo di sera? »

« Sarò stata in casa. Sto in casa tutte le sere. Mi ci lasci pensare. Sì, ero in casa: non sono più uscita dal primo. »

« Era insieme a quel giornalista? » insisté il commissario.

« No, prima di cena deve passare dal giornale. Ci vediamo poco: giusto all'ora dei pasti... »

« C'è almeno qualche altra persona che possa dire di averla vista in casa a quell'ora? Che so, la donna di servizio, una vicina, un'amica? »

« No, la donna di servizio va via prima. Amiche non ne ho, visite non ne ricevo... »

« Che fa, allora, sola in casa? Si annoia? »

« No, io non mi annoio mai. Ho tante cose a cui pensare. »

« Tante cose... o tante persone? Per esempio, pensava mai a Varallo? »

« Ci pensavo spessissimo. Gliel'ho detto, siamo amici, io per lo meno mi sento amica sua... Quando ho letto la notizia, sono rimasta costernata. Mi sono chiesta: Mica ci andrà di mezzo lui? »

« Infatti è nei guai. Non ha un alibi, per l'ora in cui è stato commesso il delitto... »

« Io, su di lui, sarei pronta a mettere la mano sul fuoco. Mario non può essere stato. Mario è un angelo... »

« Come mai, se ha tutte queste qualità, non ci s'è messa? »

« La stima è una cosa e l'amore un'altra. Io, di Varallo, ho sempre avuto stima. Amore non l'ho mai sentito... »

« Conosceva la vittima? »

« No. Ma sapevo della sua esistenza. Mario me ne aveva parlato a lungo, l'ultima volta che c'eravamo visti... »

« Dove v'eravate visti? »

« In un caffè, perché non volevo che lo sapessero a casa. Allora stavo sempre con mio padre. »

« Di recente c'erano stati degli sviluppi inaspettati nella relazione tra Varallo e la sua amante. Gabriella voleva lasciarlo: lo sapeva? »

« Come facevo a saperlo, se non ci vedevamo da anni? »

« Vi sareste potuti telefonare. »

« Non avevamo quest'abitudine. Varallo non mi cercava mai e io, prima, quando ero in casa, non volevo che mi sentissero... »

« Ma dopo è capitato che siete andati ad abitare vicini. »

« Sì, ma sa come succede, ognuno fa la sua vita e ci si perde di vista. Non càpita mai d'incontrarci per caso... »

« Tuttavia una vita di quartiere esiste. È che voi non la fate. Esce anche un giornale. Per caso, lo fa quello che sta con lei? »

« No no. Lui lavora in un quotidiano. Un quotidiano dove prima lavoravo anch'io. Lo sa quando persi il posto? Quel mese che stetti da Varallo... Sono contenta però di averci fatto pratica. Io sono dell'idea che la donna debba fare lo stesso lavoro dell'uomo... o quanto meno, sapere in che consiste. Altrimenti lui è portato a cercarsi un'altra compagna. Nello stesso ambiente in cui lavora. »

« Oggi voi giovani siete troppo inclini a cambiare la persona con cui vivete » disse il commissario con severità.

« Io non sono più tanto giovane. A ogni modo mi sembra giusto che ci sia un certo rodaggio: finché non s'è trovata la persona giusta, si ha il diritto di cambiare. »

« Questo discorso andrà bene per gli uomini; ma per le donne... »

« Che differenza c'è? Sì, lo so, c'è una differenza anatomica... Ma mi sembra trascurabile. »

« Non è trascurabile neanche per idea » disse il commissario.

« Sa chi la pensava in questo modo? Il Varallo di un tempo. Lei di che segno è, signor commissario? »

« Sono anch'io dei Pesci. »

« Allora è un insicuro, come Varallo. Tutte quelle donne che si mette intorno, perché crede che lo faccia? Perché gli danno la sicurezza che dovrebbe venirgli invece dal di dentro... »

« Io a ogni modo sono molto diverso da Varallo, anche se appartengo allo stesso segno zodiacale. Come vede, la sua teoria è sbagliata. »

« Sì, l'ho visto subito che lei è sposato » disse Elena. « Per caso, è sposato con una donna che fa il suo stesso mestiere? »

« Mica ci sono le donne poliziotto in Italia. Nel caso mio non sarebbe quindi possibile... »

« Allora, in casa di cosa parlate? Se non avete un argomento in comune. »

« Crede che il solo argomento in comune sia il lavoro? Ce ne sono tanti altri... »

« Per esempio? »

« Per esempio, l'educazione dei figli... »

« Quanti ne avete? »

« Cinque. Lei scommetto che ne ha uno solo... »

« No, non ne ho nessuno. E dire che mi sarebbe piaciuto tanto averne... Ma, o tanti come ne avete voi, o nessuno. Come vede, io non sono per le mezze misure. Cosa sono queste coppie che ne hanno uno, al massimo due... »

« Be', è sempre in tempo ad averne anche una mezza dozzina. »

« No, bisogna mettercisi da giovani. E siccome da giovane io ho perso il mio tempo nel tentativo di costruirmi una vita indipendente... »

« Bene » disse il commissario alzandosi « mi ha fatto tanto piacere discorrere con lei ma ora devo rimettermi al lavoro. »

Col pensiero era già a quella Gilda Tavanti che aveva in animo di vedere nel pomeriggio. Aveva rinunciato al proposito di convocarla al commissariato perché voleva dare un'occhiata al posto dove viveva. Erano anni che il commissariato la teneva d'occhio per traffici di droga.

Era tanto che la polverina circolava nel quartiere, ma chi la spacciava restava un mistero. Ne erano stati eseguiti di pedinamenti, a carico di scapoli e di donne sole: ma non avevano portato a niente...

Il delitto avvenuto in casa del colonnello Varallo forniva un pretesto plausibile a un interrogatorio in casa di quella Gilda. Il commissario ci si recò nel pomeriggio, a piedi. Il portiere di Varallo era sulla porta e lo salutò cerimoniosamente. Ma erano molti i portieri (tutti quei palazzi ne avevano uno) che si godevano il solicello invernale subito fuori della porta.

"Roma ha un clima mite" pensò il commissario. Gli sarebbe dispiaciuto trasferirsi; ma per la carriera bisognava essere pronti a compiere qualsiasi sacrificio.

A sud le autorità erano molto più rispettate e il clima era generalmente migliore. A nord uno rischiava di essere ignorato e malvisto, anche se era vicequestore; e c'era il pericolo della nebbia.

Alcuni portoni più in basso, cercò lui del portiere. « La signora Tavanti? » gli domandò.

« Ultimo piano, interno diciotto. »

Perché quel tanghero non credesse che intendeva farsi a piedi tutti quei piani (almeno sei) Vesce gli mise davanti la tessera di commissario di polizia. Il portiere si alzò di malavoglia e gli aprì l'ascensore.

"Non mi ha nemmeno chiamato dottore" pensò Vesce. "A sud sono molto più compiti. Io la vedo subito la differenza nel modo di fare: i miei funzionari meridionali (che per fortuna sono la maggioranza) mi trattano con molta maggiore gentilezza. Appena mi assegnano un funzionario che ha un cognome di lassù, mi sento morire. Dicono che l'amministrazione piemontese garantisse per lo meno l'imparzialità e la correttezza amministrativa nell'esercizio delle sue funzioni. Ma le faceva difetto la cosa più importante, il cuore."

Suonò all'interno diciotto. Gli venne ad aprire la stessa padrona di casa, in vestaglia. Già da quello si capiva che razza di donna era. Il commissario non aveva ripudiato un solo pregiudizio del suo paese. Sarebbe potuto restare altri vent'anni nella polizia, e vederne di tutti i colori, il suo modo di pensare semmai ne sarebbe uscito rafforzato. Il mestiere gli piaceva perché lo metteva a contatto con le miserie umane; e così gli distruggeva le illusioni nel proprio prossimo. « Io prima sono uno sbirro, poi un uomo » soleva dire anche in casa.

Con la gente ci voleva il terrore della galera e anche quello del manganello. Con questa ci sarebbe voluta una bella serie di scudisciate sul sedere nudo.

La guardava con ostilità, perché gli appariva irraggiungibile. Soltanto per il lusso in cui viveva. Vesce si guardava intorno, estasiato e irritato insieme.

Attraversò una serie di salotti dietro di lei: nell'ultimo quella gli disse di accomodarsi.

« Volevo sapere come ha passato il tempo la sera del 12 » esordì il commissario, che s'era già qualificato. « M'interessa soprattutto quello che ha fatto tra le sette e le sette e mezzo. »

« Perché? » sfuggì detto alla donna.

« Perché a quell'ora è stato commesso un delitto, proprio qui vicino. In casa del colonnello Mario Varallo, che lei conosce bene. »

« Ah, ma a quell'ora io vado sempre in centro. Mi stavo preparando, quando è venuto lei. »

« Io non le ruberò più di dieci minuti. Voglio sapere a che scopo va in centro. »

« Devo vedermi con qualcuno, e poi devo dare un'occhiata alle vetrine dei negozi. Se una cosa mi piace, entro e la compro. »

« Per caso, ha comprato qualcosa la sera del 12? In modo che il padrone o la commessa possa confermare la sua versione? »

« Cosa vuole che mi ricordi. Aspetti, che segno tutto su un taccuino... Per l'appunto il 12, che era un giovedì, non ho fatto spese. Ho passato tutto il tempo in compagnia del commendator Possenti. »

« Che avete fatto? » domandò il commissario.

La donna si mise a ridere dell'ingenuità della domanda:

« Cosa possono fare un uomo pieno di quattrini e una donna che non è proprio da buttar via? ».

« Sicché questo commendator Possenti è il suo amante » disse il commissario, irritato anche con se stesso. « O lo nega? »

« Io non nego niente » rispose la donna.

« Ed è stato suo amante anche Varallo, che abita in questa strada. »

« Sì. Io di amanti ne ho avuti molti... non vedo cosa ci sia di illegale. »

« Niente, niente » si affrettò a rispondere il commissario, a disagio. « Noi funzionari siamo i tutori della legge, mica i custodi della morale pubblica... Per quanto tra le due cose finisce sempre con l'esserci un collegamento » e la fissò con severità. « Comunque la legge non proibisce a nessuno di condurre la vita che crede meglio; ma proibisce lo spaccio della droga » e le diede un'altra sbirciata.

Gilda restò impassibile. Era una bella donna, sicura

del fatto suo. Fin dal primo sguardo, il commissario l'aveva giudicata fuori della propria portata. Le sue parole glielo confermavano: aveva una quantità di amanti, ma facoltosi come quel commendatore, o di bell'aspetto, come Varallo.

Il quale, grazie appunto alle sue doti fisiche, non a quelle sociali, che erano modeste, arrivava fino a una bella donna come Gilda. « Quando lei era l'amante di Varallo aveva ancora marito » le rinfacciò.

E Gilda, pronta:

« Dal punto di vista morale sarà riprovevole ma dal punto di vista giuridico, che è il solo che c'interessi, è assolutamente legittimo. Se il marito non fa denuncia, l'autorità non ha il potere d'intromettersi ».

« Adesso non ha il potere d'intromettersi in nessun caso » disse il commissario sconsolato. Un tempo qualche marito sporgeva denuncia al commissariato. E loro funzionari si appostavano in modo da sorprendere la coppia clandestina. Adesso era stata liberalizzata anche quella cosa lì, i tipi come Varallo o come questa Gilda non avevano niente da temere.

« Suo marito sapeva della tresca? » domandò il commissario, sempre usando il tono severo.

« Non lo so. Vada a domandarlo a lui. Oh, non è che non glielo voglia dire, sebbene mi sembri che tutto questo abbia poco a che vedere con la faccenda che l'ha portata qui. »

« Quale sarebbe questa faccenda? »

« L'assassinio in casa del colonnello Varallo. Lei era venuto a controllare se avevo un alibi. No, quella sera non c'è nessun estraneo che possa dire di avermi visto: mi ha visto solo il mio amante, il commendator Possenti. »

« Dove si svolgono i vostri incontri? »

« Nella stessa abitazione del commendatore. Non è un granché, il commendatore è di Padova, ha casa là, a Roma tiene un semplice *pied-à-terre*. »

« Perché non lo faceva venire qui? » è Vesce rivolse un'altra occhiata all'ambiente lussuoso che lo contornava.

« Perché il commendatore ha i minuti contati. Ne può dedicare tanti agli affari, tanti ai contatti con gli uomini politici, tanti all'amore con me » e rise.

« Scusi la mia curiosità, signora... Quanti anni ha il commendatore? »

« Più di sessanta. E, creda, gli si vedono tutti. Non ha un aspetto giovanile come Varallo. Ma cosa vuole, una donna sola bisogna che si arrangi. »

"Tu mica ti arrangi male" avrebbe voluto dirle il commissario, che era rimasto colpito da tutto quel lusso. « Diciamo allora che per lei Varallo era l'amante del cuore. »

« Sì, ma non al punto da ammazzare quella povera Gabriella Turri. Del resto, anche al tempo in cui era il mio amante, mi tradiva con un'altra. »

« Una certa Elena Raicevic? »

« Ah: vedo che è informato dei segreti d'alcova di Varallo. Ma non so se la possono aiutare a sbrogliare la matassa... »

« Tutto giova alla conoscenza di una persona » disse il commissario, che si confermava nell'idea che Varallo fosse un dongiovanni e che avesse fortuna con le donne. Ce n'erano almeno tre o quattro pronte a buttarsi sul fuoco per lui. Sarebbe stato fresco se avesse dovuto rintracciarle tutte. Ormai un'idea del personaggio se l'era fatta: tutto stava a dimostrare che aveva interesse a sbarazzarsi di Gabriella per poter riprendere la vita da scapolo. No, non era questo il punto, di Gabriella Varallo si sarebbe liberato facilmente, solo che non si fosse opposto ai suoi disegni: lei infatti aveva deciso di lasciarlo. Era una cosa insopportabile per un dongiovanni come Varallo. Un caso del genere gli era capitato all'inizio della carriera: un tale aveva ucciso l'amante, che tradiva, dopo che costei s'era presa la briga di lasciarlo... « Mi dica la verità, signora: fu lei a lasciare Varallo o fu Varallo a lasciare lei? »

« Fu Varallo a lasciare me. Con questo non ci sono problemi: il fatto stesso che sia in età avanzata è una garanzia per me. »

« Il commendatore è anche sposato? »

« Sì. Ha due figli grandi, di cui parla spesso. »

Il commissario si costrinse a tornare col pensiero al nucleo centrale di tutta la faccenda. Il questore era un pavido: lo intimidivano la divisa di carabiniere e il grado. Certi giornali chiedevano insistentemente la testa di Varallo; ma erano di sinistra e non potevano impressionare il questore.

Tornato al commissariato, Vesce ordinò di convocare Varallo per l'indomani mattina. Non aveva niente da chiedergli ma fargli un po' di paura non sarebbe stato male.

Il commissario intendeva mettere il colonnello alle strette. Era arciconvinto che fosse lui l'assassino. Si trattava solo di trasmettere questa convinzione a qualcuno che potesse emettere un regolare ordine di cattura. Per il momento questo qualcuno aveva troppa paura per fare alcunché. Non c'era che incutere paura allo stesso colonnello.

In che modo? Una volta il commissario aveva visto un film americano: in cui gl'inquirenti, convinti che la donna fosse stata uccisa dal marito, ne escogitavano di tutte per indurlo a confessare. Arrivavano a far circolare una donna che, di lontano, sembrasse la moglie.

Purtroppo un inquirente italiano non disponeva di questi mezzi. Tutto quello che aveva a disposizione erano gli agenti. Uno era dislocato in permanenza di fronte all'abitazione di Varallo; un altro era incaricato di seguirlo quando usciva... L'uno e l'altro, la sera, dovevano far rapporto scritto. Il commissario, di quei rapporti, ne stava accumulando un bel po' nel cassetto.

Purtroppo mancava il meglio: cosa faceva il colonnello in casa e in caserma? Gli agenti non potevano seguirlo fin là.

In casa, il colonnello diceva che passava il tempo a studiare. "Lo dice per darmi sui nervi. Studia, ma anatomia femminile" e rise della propria facezia.

Gli tornò in mente un compagno di scuola soprannominato "Anatomia" perché ne parlava in continuazione.

Raccontava di aver visto una donna nuda spiando da una finestra. Loro stavano sempre a sperare in una fortuna del genere. Ma lui di fortuna ne aveva avuta poca... niente di paragonabile, in ogni caso, alle amanti che aveva avuto Varallo.

Digrignò i denti dalla rabbia: "Gliele farò pagare tutte, a quel bellimbusto. Se non ci hanno pensato i terroristi a farlo fuori, lo leverò io di circolazione per il resto dei suoi giorni. A Portolongone, a Volterra, non ci sono donne. Ed è quella la sua dimora...".

La mattina dopo, quando gli entrò nell'ufficio, non gli diede la mano, per fargli vedere che era un criminale. Rientrava nel piano che s'era fatto in testa: Varallo andava spaventato. Solo in questo modo il suo sistema nervoso avrebbe potuto avere un cedimento.

Anche adesso il colonnello s'era messa una divisa nuova fiammante. "Scommetto che se l'è messa apposta" pensò il commissario. "Vuole impressionarmi. Ma non ci riuscirà. Sono io che conduco le indagini: mica lui."

E si sentì investito d'autorità. Nemmeno i giornali di sinistra la mettevano più in discussione: erano anzi pieni di elogi per il commissario di pubblica sicurezza dottor Mario Vesce.

La divisa lo costrinse però a fargli le scuse per averlo convocato a quell'ora: « So che dev'essere in caserma. Ma creda, prima m'era proprio impossibile... ».

« Non si preoccupi. Sono venuto in macchina. Appena finito qui, prendo e vado direttamente in caserma... Certe mattine, in cui non devo andare in nessun posto, faccio anche più tardi. In caserma più che altro ci vado per il pranzo. Perché di giorno mangio alla mensa ufficiali: lo sapeva? »

Il commissario fece cenno di sì col capo. In ogni ambiente aveva i suoi informatori. Lì in caserma, poteva contare sull'aiutante maggiore: quale migliore testimonio delle mosse del colonnello?

« Dunque, c'è niente di nuovo? Lo sa che questa indagine mi sta a cuore. »

« No, non ci sono novità clamorose... »

« Allora, perché mi ha fatto chiamare? »

« Per fare insieme il punto della situazione. » Uno dei trucchi del mestiere consisteva nel costringere l'assassino a partecipare alla ricostruzione del delitto. « Sono passati dieci giorni da quando è stato commesso quest'assassinio, avremmo dovuto mettere le mani sul colpevole. »

« Ammesso che sia un uomo e non una donna. »

« Effettivamente ieri ne ho interrogate due, di donne: Elena Raicevic e Gilda Tavanti... »

« E cosa ne ha ricavato? »

« Niente. Io sono convinto che si tratti di false piste, per far perdere le tracce dell'assassino » e lo guardò con intenzione.

« Che sarei io » disse il colonnello imperturbabile.

« Ma scusi, se pensassi che può essere stato lei, la chiamerei a collaborare alle indagini? »

Il colonnello non rilevò l'osservazione:

« Il mio punto debole è che non ho un alibi » fece come se parlasse tra sé. « Adesso ricordo: un vigile mi ha fatto una contravvenzione sulla Nomentana. Ci facevano perder tempo col controllo dei documenti. In fondo alla discesa prima d'imboccare il ponte, ci fermavano tutti. La mia patente era scaduta, così mi son beccato la multa... »

Vesce era bianco di carnagione, sennò si sarebbe visto che era impallidito. Trovò la forza di domandare al colonnello:

« Ma scusi, non s'è fatto riconoscere, anche se quel giorno era in borghese? »

« Io non mi faccio riconoscere mai. »

« Sulla patente, cosa c'è scritto? »

« Dottor Mario Varallo. Non c'è nessun'altra indicazione. »

« Va bene, farò controllare le contravvenzioni » disse il commissario. « Ma perché non me l'ha detto subito? Mi sarei risparmiata tutta questa fatica... »

« Lì per lì non me ne ricordavo. Ne prendo tante, di contravvenzioni, con la mia scapataggine! Sono sempre in difetto. O per una cosa, o per un'altra... »

« Quando è in divisa, la lasceranno passare senza fermarla. »

« Io parlavo di quando sono in borghese. Dunque, può darsi che abbia un alibi. Quelle donne, lo avevano? »

« No, l'Elena Raicevic non ne aveva nessuno, dice che è stata sempre in casa ma non ha chi confermi la sua versione... La Gilda Tavanti s'è incontrata con uno, devo far controllare se ha detto la verità. »

« Gilda non può essere stata... Semmai Elena... Come si sente, commissario, dopo aver saputo che ho un alibi? »

« Mi sembra che ero stato io a metterla su questa strada. Sì, quando le ho chiesto se s'era fermato a far benzina... Così va anche meglio: perché i vigili hanno l'obbligo di segnare l'ora in cui elevano la contravvenzione. Be', io non la trattengo più, signor colonnello: se deve andare in caserma... »

« Perché tanta furia? Se m'ha chiamato per collaborare alle indagini... »

« È che stamani ho molto da fare » si scusò il commissario. S'era alzato cerimoniosamente: « Scusi se l'ho disturbata, signor colonnello. La prossima volta mi farò premura di venire io ».

Rimasto solo, volle accertarsi se l'alibi corrispondeva alla verità: telefonando al comando dei vigili urbani. Gli risposero dopo un pezzo che alle diciannove in punto era stata irrogata una multa sulla Nomentana al dottor Varallo Mario, trovato in possesso di una patente scaduta... Il commissario l'interruppe subito: « Grazie, grazie, non mi servono altri particolari ».

Era persuaso che Varallo si fosse divertito a tacergli di avere un alibi: "In modo che sospettassi di lui. Figuriamoci se non rammentava il particolare del vigile che gli aveva elevato la contravvenzione: sono cose che rimangono impresse".

A lui sarebbe rimasta sicuramente impressa. Di contravvenzioni non ne aveva mai avute perché in ogni circostanza era pronto a far valere il proprio rango. Si diceva che non c'era niente di male a qualificarsi per quello che era: colpevoli semmai erano i vigili che lo lasciavano passare.

La pavidità dei vigili gli richiamò alla mente quella, provvidenziale, del questore. "Meno male che non abbiamo fatto la stupidaggine di arrestare il colonnello."

Il quale aveva inteso dargli una lezione, dicendogli che lui non esibiva mai il proprio grado. "Se è in borghese" pensava il commissario; "se è in divisa si qualifica automaticamente."

Era in divisa anche la mattina dopo, quando Vesce si recò da lui a comunicargli l'esito delle ricerche. Gli disse anche che l'alibi di Gilda era stato confermato dal commendatore.

«Sicché lei non sa più che pesci prendere» disse il colonnello, che al solito l'aveva ricevuto alla buona, con una vecchia divisa e in ciabatte.

Il commissario allargò le braccia:

«Mi tocca chiudere le indagini. Ma scusi, se a distanza di quasi due settimane si brancola nel buio, è inutile continuare a battere la testa contro il muro. Io non me la voglio rompere» e rise. «Oggi stesso convoco una conferenza stampa per dare l'annuncio ufficiale.»

VII

Erano passati tre mesi. Una mattina per caso Varallo incontrò Elena.

« Da quando in qua hai un cane? » gli domandò subito costei.

« Sai, sono andato in pensione. E allora la giornata è lunga. Bisogna che la riempia di tante piccole occupazioni. »

« La tua occupazione preferita, però, restano le donne. »

« Quali donne? Ne ho una solamente. » L'aveva detto per difendersi, ma si accorse subito di avere inflitto un colpo mortale a Elena. Che gli domandò, in tono non più aggressivo:

« Chi sarebbe? ».

« La figlia del portiere. Non so se la conosci. »

« La conosco di vista... Quando stavo da te, era sempre una bambina. »

« Sì. È giovanissima. Io gliel'ho anche detto, pensa a quello che fai, ti metti con una persona anziana, un pensionato... Ma lei sostiene che la differenza di età non ha nessuna importanza, quando c'è l'amore. Sarà così da parte sua; da parte mia no di certo... »

« Allora perché ti ci sei messo. »

« Mi meraviglio che proprio tu faccia questa domanda. Eppure l'intelligenza non ti manca. Per voi donne l'amore sarà la sola bussola, ma per noi uomini è il desiderio. »

Elena lo guardò con rinnovata speranza:

« Quella ragazza... la desideri e basta? Non l'ami? ».

« No. Lei mi ama, ma io no. Solo che non amo nessun'altra... »

« Non ami nemmeno il ricordo di Gabriella? »

Varallo ci pensò prima di rispondere:

« No » disse alla fine. « La sua morte ha creato un vuoto nella mia vita, ma perché sarebbe mutata: avevo deciso, infatti, di andarci a vivere insieme. E poi, il modo com'è avvenuta mi ha scosso. Lì per lì magari non l'ho avvertito, ma ne ho risentito in seguito. Per questo ogni tanto mi tocca scappare di casa. Per questo ho preso il cane... »

« Eppure tu non hai nessuna colpa in quello che è successo » disse Elena con un filo di voce.

« Non l'ho protetta abbastanza, invece. Lo dovevo capire da quella volta che mi venisti per casa che avresti finito con l'assassinarla. »

« Non sono stata io » protestò Elena debolmente.

« Allora chi? Non siamo riusciti a trovare un colpevole. »

« È colpa mia se la polizia è inefficiente? » disse Elena, che cominciava a riprendersi.

« No, ma è colpa tua se Gabriella è stata assassinata. Sei stata tu ad assassinarla. »

« Ti sembra il posto per affrontare un argomento così delicato? »

« Andiamo a casa mia, allora » disse Varallo.

Con un fischio richiamò il cane che s'era messo ad annusare nei pressi. Fecero in silenzio il breve tratto di salita. Camminavano discosti. Varallo sperava solo che Carolina non li vedesse entrare, altrimenti avrebbe fatto una scenata. Era gelosissima delle presunte avventure galanti del colonnello.

"La gelosia è la sola cosa che provano" pensò Varallo. "Lo chiamano amore ma in realtà è solo gelosia. Forse noi uomini non lo possiamo capire, siamo gelosi delle cose fisiche e basta, mentre per loro donne è tutto mescolato insieme. È certo un sentimento più forte... Solo così si spiega che Elena abbia ammazzato Gabriella."

Forse quello di Carolina era un sentimento più terra

terra. Più simile al sentimento che aveva provato lui nei confronti di Elena. Lo deduceva dai suoi discorsi:

«Quando sentivo parlare in casa delle donne del colonnello, non ci facevo caso, perché allora non c'era niente tra noi. Adesso invece, se vedo che una donna ti entra in casa, la sbrano».

«E se è una semplice amica?»

«Sì, ci ho bell'e creduto all'amicizia tra gli uomini e le donne! Se una donna va in casa di un uomo, ci va solo con quello scopo.»

Carolina non si vedeva, c'era però il padre e Varallo pensò che l'avrebbe detto alla figlia. Chi salvò la situazione fu Elena che con l'abituale prontezza di spirito andò incontro al portiere con la mano tesa:

«Come va? È tanto che non ci vediamo. E sarebbe passato chissà quanto altro tempo ancora se non avessi incontrato il vostro inquilino col cane... Siamo stati a far due chiacchiere in mezzo alla strada, ora andiamo a finire in casa».

«Il guaio è che c'è ancora mia moglie» disse il portiere.

«Tanto mica abbiamo segreti: può starci benissimo anche lei.»

Il portiere si rivolse a lui con l'occhio che gli brillava:

«Carolina è fuori» gli disse con uno sguardo d'intesa. «Non vediamo l'ora che torni perché abbiamo avuto una lettera da parte della RAI... Dice che Carolina è stata assunta come dattilografa... Deve presentarsi domani. So che è stato lei a raccomandarla; non le so dire quanto gliene siamo grati tutti.»

«Ah» fece Varallo. Non poteva nascondersi di provar piacere: Carolina non gli aveva detto più niente e lui avrebbe potuto anche pensare che la sua raccomandazione fosse stata inefficace.

Nei pochi passi che li dividevano dall'appartamento, Elena gli disse sottovoce:

«Vedo che le tue amanti ti sei messo anche a raccomandarle. Sotto il profilo erotico saprai tutto sulla persona, ma sotto quello professionale?».

« Parla più piano, non vorrei che sentisse. »

« Tanto sarà al corrente della vostra tresca. »

« Credo di sì, anche se in apparenza fa finta del contrario. I suoi modi sono sempre corretti, mi saluta per primo e mi chiama signor colonnello... »

« Non durerà molto, vedrai. »

Varallo armeggiava con le chiavi: finalmente gli riuscì trovare quella giusta.

Elena si comportò con naturalezza anche con la portiera. Le gettò le braccia al collo:

« Cara signora! Quanto tempo era che non ci vedevamo! ».

« Eppure adesso è venuta a stare vicino » rispose la donna.

« Roma è così: anche se si sta a due passi, non càpita mai d'incontrarci. Stamani è stato un caso: ero uscita a fare una spesetta quando ho incontrato il colonnello... »

Subito dopo che la donna fu uscita, si rivolse scontenta a Varallo:

« Potevamo fare un altro pezzo di strada e andarcene da me ».

« Non saremmo stati soli nemmeno in casa tua: immagino ci sia quel giornalista. »

« La mattina lui dorme, è come se non ci fosse. Tu invece sei tenuto sotto controllo. »

« Da chi? »

« Dai portieri. Ho visto l'occhiata che m'hanno dato. Devono essersi fatto un brutto concetto di me da quella volta che venni a stare a casa tua... Allora eri un estraneo; adesso sei diventato l'amante della loro figliola... »

« Può darsi che non lo sappiano nemmeno. »

« Non ti fare illusioni. È probabile che ci tengano a te... »

« Potevano tenerci prima, quando ero sempre colonnello dei carabinieri. Ma adesso che sono andato in pensione... »

« Adesso che sei andato in pensione, ai loro occhi non vali nemmeno la metà » disse tranquillamente Elena.

« Ma pretendono lo stesso che tu sia fedele alla loro figliola... »

« Ho paura d'essermi deprezzato anche agli occhi di lei. Ma di questo parleremo dopo che avrai confessato... »

« Confessato che cosa? »

« Che sei l'assassina di Gabriella. »

« Oh, ma è proprio una tua fissazione. Mi hai voluto ricondurre sul luogo del delitto perché confessassi. Tu leggi troppi romanzi gialli, colonnello. »

« Io leggo altri libri. Ma di questo delitto ormai mi sono fatto un'idea precisa. So che puoi essere stata solo tu... »

« Non hai pensato a Carolina? Se voleva subentrare a Gabriella, bisognava che l'ammazzasse. »

« No, Carolina a quel tempo mi conosceva appena. Siamo diventati intimi solo alcuni giorni più tardi. »

« Sei l'immoralità in persona... e pretendi di dar lezione agli altri. »

« Sono immorale in queste cose qui... Non lo capisci che è una garanzia contro le immoralità grosse, come l'assassinio? »

« Come mai sospetti di me? » gli domandò Elena.

« Non è un sospetto, è una certezza. Avanti, confessa. Siamo venuti qui per questo. »

« Siamo venuti per parlare con calma della cosa: ma se tu non vuoi ragionare... »

« Infatti, non c'è nulla da ragionare. Io ormai mi son fatto un'idea precisa del delitto. »

« Io, invece, brancolo nel buio più assoluto. Ma non è tanto dell'assassinio di Gabriella che volevo parlare quanto di te. Gabriella, non la conoscevo nemmeno, tu invece mi stai a cuore... »

« Quante chiacchiere inutili fai. »

« Già, è un'accusa che m'hai sempre mosso, di essere un'inconcludente... Allora come puoi pensare che abbia commesso un delitto? »

« In effetti la tua inconcludenza è la sola cosa che non quadri, in tutta la faccenda... Tutto il resto torna. »

«Meno male che un piccolo dubbio sulla mia colpevolezza t'è venuto.»

«M'è venuto ma se n'è anche andato. Chi mi dice che tu non sia cambiata, a questo proposito. In fin dei conti qualche decisione l'hai presa: sei andata a vivere con un uomo; hai perso la verginità...»

«Sono decisioni improrogabili, mi sembra, per una ragazza della mia età. A te, invece, che impressione ha fatto ricuperare la libertà quando la stavi per perdere?»

«Avrei fatto volentieri a meno di un ricupero simile.»

«Se la vita a due era per te un salto nel buio. A me puoi dire francamente quello che pensi, lo sai bene.»

«Perché non sei stata coinvolta come me in questa spaventosa tragedia... Gabriella giaceva riversa sul divano. Me l'hanno detto, non è che l'abbia vista. È stato solo a poco a poco che mi sono reso conto della sua scomparsa.»

«E hai creduto doveroso di farti vedere addolorato. Ma i fatti ti hanno subito smentito...»

«Quali fatti?»

«Una persona sconvolta dal dolore non si consola con la prima venuta.»

«Ora ragioni come il commissario Vesce. Che mi giudica male, appunto perché avevo fatto presto a mettermi intorno un'altra...»

«A proposito del commissario Vesce: lo sai che non voleva assolutamente credere che non fossi stata la tua amante? L'ho dovuto lasciare alla sua convinzione, quando mi sono accorta che aveva la stessa mentalità dei tuoi portieri...»

«Sì, l'ho saputo che t'aveva interrogata... e che tu un alibi non l'avevi. Sei rimasta la sola a non averlo.»

«La sola, quindi, su cui si addensano i tuoi sospetti.»

«I miei, appunto. Io non ragiono affatto come il commissario... Per lui conta l'interesse, il movente... *Is fecit cui prodest*, dicevano i latini. Chi poteva avere interesse a sopprimere Gabriella? Il marito o l'amante... Non s'usciva di lì.»

«Però ha voluto sentire anche me» si affrettò a dire Elena.

«Perché aveva ricevuto una lettera anonima che ti accusava del delitto.»

«Gliel'avevi mandata tu?»

«Io non mando lettere anonime, dovresti saperlo.»

«Allora, chi poteva essere stato?»

«Me lo sono domandato spesso anch'io. Io ne avevo parlato solo al marito, che non mi pareva il tipo. Questo a ogni modo è solo un piccolo mistero collaterale. Torniamo al mistero grosso: chi ha ucciso Gabriella? Io ho una certa idea in testa: e il tuo contegno mi conferma che ho colto nel segno.»

«Perché, cos'ha il mio contegno? Tradisce forse un po' di nervosismo? Forse che le mie mani tremano facendo sprizzare il fuoco dall'accendino?»

«No, ma è che fumi troppo.»

«Fumo quando sono nervosa. Ha contribuito a farmi innervosire la vista dei portieri. Se penso che sei diventato l'amante della loro figlia... Non dovevi abbassarti fino a questo punto.»

«Tu, Elena, sei una grande aristocratica. Sei la degna figlia di tuo padre, checché tu ne dica. Disprezzavi una borghesuccia come Gabriella: per questo l'hai uccisa... Le popolane come la figlia dei portieri non dovrebbero nemmeno esistere, secondo il tuo modo di vedere.»

«Come mai, allora, mi prendo cura di te? Appartieni anche tu alla piccola borghesia impiegatizia, in fin dei conti.»

«Sei passata sopra alla mia origine solo perché ti interessavi di me come uomo...»

«Se me ne fossi interessata, sarei venuta a letto con te. E oggi avresti ragione di accusarmi dell'assassinio della tua amante.»

«Vorresti dire che era una faccenda che non ti riguardava? Mi dispiace dirtelo, ma queste idee possono venire solamente al commissario Vesce. Non ti capisco: in certi momenti sei te stessa, in altri invece ragioni con la testa della gente...»

« Ci sono costretta, a forza di stare con un giornalista. Devo farmi sempre la domanda, com'è che la gente comune vuol venire a conoscenza delle cose. Per esempio, del fatto di sangue che c'è stato a casa tua: quanto ne hanno parlato i giornali. Per giorni e giorni sono stati pieni delle fotografie dell'assassinata... È da una di quelle che mi sono fatta l'idea che Gabriella sia stata uccisa qui sul divano. Quasi nel punto dove mi sono messa io. A te, però, non deve aver fatto né caldo né freddo, se hai continuato a dormirci, peggio, se hai ripreso a farci i tuoi porci comodi con le fanciulline... »

« È incredibile che io, che sono innocente, sia fatto oggetto di accuse da parte dell'assassina. »

« Chi ha mai messo in dubbio la tua innocenza? »

« I giornali, anche quello in cui lavora l'uomo con cui stai, la mettevano in dubbio. »

« Sì, perché avrebbe fatto sensazione vedere andar dentro un colonnello dei carabinieri... Ma io che ti conoscevo ci avrei fatto una scommessa sul fatto che eri innocente. »

« Anch'io ti conosco. È per questo che ti ritengo colpevole... »

« Mi ci vedi a entrar qui e assassinare Gabriella? E poi, come sarei potuta entrare? Avrei dovuto farmi aprire da lei, costringerla a sedersi e poi spararle... »

« Ecco, tu ricostruisci la meccanica del delitto. M'ero sempre chiesto come avessi fatto a entrare. Hai visto entrar lei e hai suonato: è semplicissimo. »

« Non hai risposto alla mia domanda: mi ci vedi a far tutte queste cose? »

« Francamente no. Ma chi può essere stato, allora? Chi poteva aver interesse a uccidere Gabriella? »

« E io, che interesse avrei avuto? »

« Nessuno, a ragionare col cervello dei varii commissari Vesce; moltissimo, a ragionare col nostro... »

« Vedi che avremmo interesse a rimetterci insième. »

« Perché a volte possiamo pensarla nello stesso modo? Il guaio è che esiste un'altra affinità tra noi: siamo due che non sentono niente... »

« Le altre, sentono forse qualcosa più di me? »

« Gabriella di certo: per questo la sua scomparsa ha aperto un vuoto incolmabile nella mia vita. Anche l'attaccamento di Carolina può darsi sia sincero. Ma può darsi anche che sia tutto frutto di un calcolo. Non ne sono sicuro, insomma: lo sarò presto, però... Ormai lo scopo di venire con me l'ha conseguito, ha avuto il posto alla RAI: può salutarmi e mandarmi a quel paese... Se continua, può darsi che sia una creatura bisognosa d'affetto come Gabriella... »

Elena seguiva attentamente le sue parole. Alla fine disse:

« Finalmente hai confessato. Sì, che non amavi Gabriella... e che non ami questa... ».

« Ti sembra importante? Non lo è, invece. Per noi uomini, non conta tanto il nostro sentimento, che può darsi non ci sia, ma quello che una donna prova nei nostri confronti. »

« Sentilo, il sultano. »

« Le cose stanno così: sui nostri sentimenti verso una donna, noi uomini non c'interroghiamo nemmeno. »

« Sui tuoi sentimenti per me, t'interrogavi. »

« Sì. Può darsi che a spingermi verso te sia quello che comunemente viene chiamato amore. Ma tu mi facevi soffrire e basta. Ti negavi a me perché avevi capito che l'intimità avrebbe cancellato ogni traccia del mio sentimento. E siccome tu non avresti mai avuto la forza di alimentare la fiamma... Ecco, l'amore è come un fuoco: e tocca alla donna alimentarlo. »

« Non sono affatto d'accordo. L'amore dev'essere un rapporto a due; il sentimento bisogna che sia reciproco... »

« Una cosa volevo chiederti: adesso che hai sperimentato l'intimità con un uomo, che importanza le dài? »

« Nessuna » rispose prontamente Elena. « Dovrei forse permettere a un uomo di avere speciali diritti su me solo perché ci ha fatto certe cose? »

« Non parlare da femminista. Parla come ti senti. »

« Io non parlo da femminista. Io, su questa faccenda, ho una veduta tutta mia. »

« E non le dai nessuna importanza? »

« Io credo solo che non è quello che ti lega irrevocabilmente a un uomo... Contano di più le cose che si hanno in comune: una mentalità affine; l'affetto; i ricordi... »

« La parola amore vedo che non la pronunci più. »

« Non sono riuscita a capire in che consista. È inutile che sulle tue labbra spunti un sorriso di compatimento. Tu fingi di avere aperto gli occhi, li avrai aperti in altri campi ma in questo ti smarrisci alla prima difficoltà. Per questo mi piaci; per questo credo che ci dovremmo mettere insieme. »

« Niente affatto » la contraddisse Varallo. « Io per te non sento più l'ombra del desiderio, e in un uomo il desiderio è tutto. »

« Lo senti per Carolina, forse? »

« Lo sento sì. Ammazza anche lei, se ti fa piacere. »

« Uffa » disse Elena. « Torni sempre fuori con questo discorso. Non potresti lasciarla perdere, Gabriella? È morta da tre mesi e mezzo: non dovresti nemmeno nominarla. »

« Se tu stai sempre a ricordare fatti avvenuti addirittura quando eri piccina. »

« Li ricordo se credo che abbiano importanza per il presente. Ecco la bussola: il presente. Dovremmo occuparci solo di quello. E lasciare che i morti seppelliscano i loro morti. »

Dopo, disse:

« Avevi fatto uno sbaglio a proporre a Gabriella di andarci a stare insieme. La sola persona con la quale puoi stare insieme sono io ».

« Sarebbe l'unione di due esseri che non sentono niente... Sul niente è impossibile edificare qualcosa. »

« Potremmo consolarci a vicenda. E poi chi ti dice che tu non riesca a far di me un'altra persona? »

« Torniamo a Gabriella » disse Varallo ignorando i sospiri di Elena. « Ti farebbe comodo che non se ne parlasse più: non avresti più rimorsi. »

« Che rimorsi vuoi che abbia? In ogni caso l'avrei fatto per il tuo bene, perché tu non commettessi uno sbaglio. Ma mi pareva di averti dimostrato che un essere indeciso per natura come sono io, non può aver commesso un assassinio. »

« Infatti è un argomento che ha incrinato la mia certezza. Per cui non mi resta che sperare nella tua confessione... In fondo eravamo venuti qui per quello. Invece ci siamo messi a far chiacchiere inutili... »

« Le chiami così, invece è proprio quello che ci vorrebbe per te. Molto più del cane » e lo indicò, sdraiato in mezzo alla stanza.

« Tu, fuori delle chiacchiere, non sai fare altro. »

« Ora so fare anche qualche altra cosa » rispose maliziosamente Elena.

« Era la sola cosa che ti chiedevo... E tu non m'hai voluto accontentare. »

« Me ne sono pentita, hai voglia se me ne sono pentita. Se dovevo buttarmi via senz'amore, tanto valeva che lo facessi con te... Ecco, adesso vado a casa, perché è quasi ora di pranzo: quel tale si sveglierà, e mi apparirà un estraneo... Mentre tu non mi avresti fatto mai quest'impressione. »

Arrivata sulla porta, si fermò:

« Quando vieni a trovarmi? Adesso stiamo vicini... ».

Varallo prese l'abitudine di andarla a trovare. Ci andava la mattina, quando la sua amante era in ufficio. Cercava di non farsi vedere dai suoi, perché non glielo dicessero. Si tirava dietro il cane, in caso avrebbe potuto dire che lo doveva portar fuori.

Una volta da lei, lo lasciava scorrazzare nel giardinetto davanti alla casa. Stavano lì anche loro; in casa c'era quello che dormiva.

Già il cane costituì un motivo di litigio con Elena. Era, infatti, un lupo: lei preferiva i bastardi. I lupi, sosteneva, erano cani fascisti...

« Io non mi perdo in queste stupidaggini » replicava

Varallo. « Per me il fascismo è una cosa seria, che non è stata ancora analizzata a fondo... »

« L'avresti analizzata tu? »

« Io, certo, ho un'idea chiara del fascismo. »

« So di che si tratta: il fascismo per te è nazionalismo. Siccome eri nazionalista tu, pretendi che lo fossero tutti i fascisti. Ma mio padre (che dev'esserlo ancora) era fascista per ragioni economiche... Credimi, il fascismo raggruppava le peggiori tendenze che alberghino nel cuore umano... »

« Lo so. Ogni parte prende in considerazione l'aspetto del fascismo che intende avversare... Ma appunto, si tratta di aspetti, non della totalità del fenomeno. »

« Secondo me è insensato voler estrarre dal fascismo una componente principale. Il fascismo, come dice la parola, voleva essere un insieme di cose: è riuscito a trionfare appunto per la sua natura composita... Blandiva insieme il privilegio economico, l'avversione per il parlamento, la tendenza al privilegio maschile caratteristica dell'italiano medio... È impossibile farlo consistere solo in una cosa perché il fascismo voleva essere policentrico... Prendi l'avversione al parlamento: l'avevano diffusa a piene mani quelli che saranno avversari del fascismo, i socialisti. Anche loro erano antiparlamentari. Sia pure per far trionfare un ideale opposto... »

« La loro sconfitta ha pesato moltissimo nella nostra storia. Il fatto che li abbiano rimessi in sella gli stranieri, non torna certo a loro onore. Per questo la gente nel dopoguerra si è volta al loro contrario, al comunismo: che per lo meno esaltava quello tra gli stranieri che sembrava il più vittorioso... Ora, stammi bene a sentire: lo sbaglio dei socialisti fu nell'essersi accodati al carro dei comunisti... »

« Allora aveva ragione Saragat. »

« Non sto affatto dicendo questo. Per me Saragat e Nenni sono da mettere sullo stesso piano. L'uno e l'altro s'erano accodati al comunismo per quanto riguarda il nazionalismo... Dovevano invece sostenere che gli stranieri non erano più tali perché ormai il mondo era uno.

E loro che l'avevano sempre detto avevano mille ragioni per trovarsi bene in una situazione del genere... »

« Dopo una guerra persa, è fatale una recrudescenza di nazionalismo. La stessa occupazione straniera fatalmente provoca la reazione nazionale... »

« Si capisce. In principio gl'internazionalisti sarebbero stati pochissimi. Ma sarebbero diventati molti in seguito... I socialisti non dovevano prepararsi al presente, ma al futuro... »

« Lasciamo perdere la politica » comandò Elena. « Quel cane si chiama Lucky, hai detto? Lucky in inglese vuol dire fortunato. È tutto il contrario, quindi, del suo padrone... »

« Come lo sai che non sono fortunato? »

« Ti leggo nel pensiero. Scommetto che sei venuto da me perché non sapevi dove battere la testa... »

« Come fai a leggermi nel pensiero? »

« Perché noi due siamo simili. Il simile conosce il simile, è stato già detto nell'antichità. »

« È stato detto anche il contrario. »

« Dimenticavo che ti stai facendo una cultura. Non posso più istruirti. Prima ero solo io che leggevo i libri; tu, più in là dei fumetti, non andavi. »

« Non è soltanto un problema di istruzione. Prima, non ci riflettevo mai sulle cose: era fatale, quindi, che fossi via via succube dell'ambiente in cui vivevo. La caserma mi sembrava il centro del mondo... Il contrario di adesso, che ci vado malvolentieri. »

« Finché eri un conformista avevi bisogno di me: adesso, puoi camminare con le tue gambe. »

« Ciononostante, rimpiango che tu m'abbia piantato in asso mentre facevo un tentativo di avvicinarmi a te. Mi andrebbero diversamente le cose, adesso, se dovessi pensare a un'altra persona... »

« Perché? Non ti vanno bene? » s'informò Elena premurosamente.

« Se poco fa l'hai detto tu stessa, che non so mai come passare il tempo. »

« Io ho tirato solo a indovinare. Sul serio è vero quello che ho detto? »

« Sì. A volte avverto come una caverna che mi s'è aperta sotto i piedi. Sono attirato dal vuoto, capisci? Penso troppo a me stesso: questo è il guaio... »

« Ti sarebbe andata bene Gabriella; ti può andar forse bene questa Carolina; io, non ti sarei andata bene di certo » disse Elena in un momento di sincerità.

« Meno male che ci hai aggiunto quel forse » fece Varallo.

« Perché? »

« Perché di Gabriella mi sarei fidato a occhi chiusi; Carolina ho invece l'impressione che con me sia cambiata, dopo aver avuto quel posto alla RAI. »

« Non è la situazione che hai sempre desiderato? Un'amante fissa che non fosse gelosa, in modo che tu potessi fare i tuoi comodi? »

« Tu Elena dài importanza a cose che non l'hanno. Ho appena cercato di farti capire che tutte queste storie le metto in piedi solo per riempire le mie giornate. Del resto l'hai sempre detto anche tu: l'amore tanto per fare. Tanto per occupare in qualche modo il tempo. Tanto per non starmene con le mani in mano... »

« Meno male che mi riconosci un po' di perspicacia. Io le cose arrivo sempre prima di te a capirle... Le capivo anche quando stavo con te. »

« Questo semmai rende più inesplicabile il tuo rifiuto. »

« Non ti amavo abbastanza: non è una ragione valida? »

Varallo si affrettò a far segno di sì:

« Al cuore, certo, non si può comandare. Con la testa si possono fare mille progetti, ma se manca l'animo di realizzarli... ».

« È vero, avevo fatto il progetto di ammazzare Gabriella. Volevo rimettermi con te. Me n'è mancata la forza. Hai ragione tu, io dico tante cose ma non ne faccio nemmeno mezza. Sono un'inconcludente. Una velleitaria. »

« Nel caso di Gabriella, è bene che siano rimaste velleità. »

« Anche tu sei come me: dici, dici, ma fai ben poco. Solo con Gabriella t'eri deciso a viverci insieme... »

« A te feci addirittura la proposta di sposarti. »

« E io mi sono pentita di non averla accettata. Mi lasciai prendere da mille scrupoli... Non ti amavo abbastanza per mandare al diavolo la situazione in cui mi trovavo... Come se fosse potuta durare in eterno... Prima o poi sarei dovuta uscire di casa, questo almeno lo avrei dovuto capire. E allora, meglio farlo con te che con un altro... Il vincolo tra noi due, sarebbe sempre stato consistente, anche se da parte tua fosse venuto a mancare l'amore. »

« Già » fece Varallo. « Si deve sempre uscir di casa e crearsi una nuova vita, anche se bene come siamo stati coi genitori non staremo più. »

« Nel caso tuo fu proprio la necessità a catapultarti fuori. »

« Sì. E non credere che non mi sia dispiaciuto. Ma dovetti fare di necessità virtù. Sai, allora ero giovane, mi adattavo meglio al nuovo stato... »

« Forse la mia disgrazia è consistita proprio in quello, di non essere più abbastanza giovane per poter prendere una decisione che sarebbe stato stupido prorogare. Quando mi son decisa, era ancora più tardi. M'è presa improvvisamente la paura di non essere più in tempo, e mi sono messa col primo che capitava... Che è un estraneo, e rimarrà sempre un estraneo per me. Con te avevamo molte più cose in comune: il paese di provenienza, tanto per dirne una... »

« Io ormai do molta meno importanza a queste cose. Io, di Trieste, me ne sono quasi dimenticato. »

« Non sei più un sentimentale, intendi dire? »

« No. Tu invece lo sei ancora: è anche questo a dividerci. Ma decisiva è la mia mancanza di desiderio: non ci si può unire a una donna che non si desidera più... »

« Dài sempre importanza a queste cose? Io invece non

gliene do nessuna. Nemmeno adesso che le ho sperimentate.»

«Con Gabriella era un legame forte» disse Varallo: «me ne sto accorgendo ora che non c'è più».

«Si sarebbe indebolito subito, dato che era solo desiderio.»

«Il desiderio è il nocciolo dell'amore, almeno per noi uomini. Per lo meno è vero il contrario, che senza il desiderio non può esserci nemmeno l'amore...»

«È inutile, tu sei un materialista, consideri più importante di tutto l'esperienza del letto. Io invece do importanza ai discorsi. Al fatto che stiamo qui a parlare... e che tu puoi dirmi ogni cosa, per te sono come una sorella...»

«Io avrei voluto che tu fossi qualcosa di più. Ma lasciamo perdere il passato. Occupiamoci del presente. Che è molto brutto, almeno per me: e da cui vorrei uscire...»

«Le chiacchiere non fanno farina, è un proverbio che hai sempre in bocca.»

«L'ho sempre in bocca, perché mi sembra che dica la verità.»

«Le chiacchiere non faranno farina, ma per lo meno sono un sollievo...»

«Brava: hai detto la parola giusta. Io dopo essere stato qui mi sento sollevato. Il guaio è che mi basta tornare a casa, per ricadere nella depressione abituale...»

«Hai consultato un medico?» disse Elena, sinceramente preoccupata.

«A quale scopo? I medici ci sono per le malattie del corpo, ma questa è chiaramente una malattia dell'anima.»

«È la malattia del pensionamento» sentenziò Elena. «Uno alla fine non ne può più del proprio lavoro e aspetta con ansia il momento di smettere; ma poi si accorge che era anche un riempitivo... Non ho conosciuto un pensionato che non rimpiangesse il tempo in cui era in servizio.»

«È che tutto, per me, è cambiato così bruscamente» disse Varallo. «La pensione non voleva dire solo il tempo libero; anche il fatto che sarei vissuto con un'altra...»

« Perché non sposi Carolina? » gli domandò Elena.

« Te l'ho detto, sarebbe una cosa completamente diversa. Gabriella mi voleva bene; questa invece ho l'impressione che no. »

« Forse sbagli. »

« Carolina può essersi servita di me per avere quel posto. E lì dove lavora, può aver trovato un altro giovanotto... »

« Ne sei geloso? »

« Magari. No, la cosa m'è completamente indifferente. È di questo che ho paura, capisci? l'insensibilità in cui sono caduto... »

Parlavano nel giardinetto, tanto per aver sott'occhio il cane. E per non disturbare il sonno di chi aveva lavorato la notte.

In questo modo erano esposti anche alla vista dei passanti, che potevano gettare uno sguardo di là dalla cancellata. Li potevano vedere anche dai piani superiori.

Elena si metteva su una panchina di pietra sotto la pergola ancora spoglia. Per lui aveva tirato fuori una poltrona di vimini, in modo che ci potesse star più comodo e che le stesse di fronte.

« So che hai questa abitudine. Una persona vuoi vederla in faccia quando parli. »

« Con te mi ci mettevo anche per un'altra ragione » diceva Varallo sorridendo.

« Per guardarmi le gambe? Adesso non ti converrebbe, la decadenza fisica è già cominciata. Perciò porto sempre questi tonaconi, non voglio che gli altri se ne accorgano. »

Sporgendosi, Varallo poteva scorgere il traffico sul viale. Poi tornava a guardare verso la facciata giallastra della casa.

Non c'era mai entrato: Elena lo aveva sempre ricevuto fuori. Anche il primo giorno, che era capitato all'improvviso. Per l'appunto lei era già lì, che annaffiava le piante. Si lamentava di averne poche: non c'era spazio.

Varallo l'aveva consolata dicendo che poteva considerarsi una sistemazione ideale. Non si sarebbe mai potuto supporre, con tutto il traffico che c'era sul viale, che ci sboccasse una strada tanto tranquilla.

« Perché non ha sfondo » gli aveva spiegato Elena.

« Già, lo vedo » e Varallo aveva dato un'occhiata dalla parte opposta, dove la breve traversa finiva contro uno scasso.

« Solo che il giardino è una striscia soltanto. Io l'avrei voluto grande, per poterci piantare quello che mi sarebbe sembrato meglio. Ma non si può aver tutto nella vita. Bisogna contentarsi. »

« A te, cosa manca? »

« M'è mancato il più » rispondeva Elena.

« Vale a dire? » domandò Varallo, che ascoltava distrattamente, perso nei propri pensieri.

« Vale a dire l'amore. Ti facevo più intelligente: credevo che ci saresti arrivato da te. »

« Sì, lo so che sei terribilmente romantica... Io invece mi sarei contentato di una cosa molto più terra terra... Come quella che avevo trovato con Gabriella. »

« Finiscila di parlarne, altrimenti la prenderò in odio. E rimpiangerò di non essere stata io a ucciderla... Mica con la rivoltella; con le mani. Che gusto ci sarà a sparare a una persona. Strangolarla, sarebbe invece tutta un'altra faccenda. »

« Nelle tue fantasie omicide, come ti comportavi con Gabriella? »

« Mi preoccupavo solo di non essere scoperta. Ma ora parliamo del presente... Mi pare che tu non abbia ancora preso atto della realtà. »

« Quale sarebbe questa realtà? »

« Che Gabriella è morta e che la devi sostituire. »

« L'ho già sostituita. »

« Sì, con una ragazza che non ti dà nemmeno affidamento... Tanto vale che tu la sostituisca con me. »

Si sporgeva verso di lui per essere baciata: Varallo evitò di farlo. Gli era impossibile se li potevano vedere e se quello là dormiva. E poi, in queste cose, come le aveva detto innumerevoli volte, è decisivo il desiderio: e lui non ne provava per Elena. Gli sarebbe andata molto meglio una qualsiasi Carolina, anche se dopo ne avrebbe riconosciuto l'estraneità.

Uno non ci pensa mai al dopo. Invece bisognerebbe pensarci.

Lui per tanti anni aveva preservato gelosamente la propria libertà: per accorgersi, alla fine, che non aveva preservato un bel nulla. A cinquant'anni, si ritrovava solo. Né poteva consolarlo il ricordo delle donne che s'era portato in casa.

Già, non le ricordava più. In una delle oziose meditazioni a cui si abbandonava spesso, aveva cercato di rievocarle: nemmeno di quella che era durata più a lungo, Gilda, ricordava qualcosa.

« Elena, ricomponiti: ci stanno guardando. »

Li guardava una donna dal balconcino del primo piano. Sicuramente si trattava di un edificio di prima della guerra: Varallo si domandava come Elena ne fosse venuta a conoscenza.

« Ti ci piace? Se vuoi, mando via quel signore e ci rimaniamo noi due. »

« Siete in affitto? »

Elena annuì:

« Sono io che lo pago. Non coi soldi miei, naturalmente, con quelli che mi passa il paparino. Io vivo in ozio, contro tutti i miei principii ».

« Quali sarebbero questi principii che non metti in pratica? »

« Uno, è che le donne devono lavorare... Sei d'accordo? »

Varallo storse la bocca. Pensava a Carolina: che da quando aveva cominciato a lavorare, gli sembrava più fredda.

« Ogni tanto fa capolino qualcuno dei tuoi vecchi pregiudizi » disse Elena. « Dunque, si parlava di questa casa: fui io a trovarla. Me ne innamorai subito. Non è un granché dentro ma la posizione mi sembrò ineguagliabile. Mio padre intendeva fare il grande, voleva comprarmi l'appartamento; diceva: "Ora che te ne vai di casa, lascia per lo meno che provveda a te". »

«Tuo padre era al corrente della vera ragione per cui te ne andavi?»

«Sì. Sa tutto. Ma io fui spinta dal desiderio di quest'appartamento... Certo, andava abitato con un uomo; e siccome non c'eri più te mi contentai di un altro.»

«Non c'ero perché avevi rifiutato di essere mia.»

«Poco fa ero pronta a farmi baciare: perché non hai colto l'occasione?»

"Se n'è accorta, questa strega" pensò Varallo. "Non le sfugge niente." Disse forte: «Elena, tu non ti vuoi convincere che certe cose si fanno solo nell'intimità... Altrimenti diventano un'esibizione».

«Se non importa a me, non vedo perché dovrebbe importare a te. Per esempio, quella: sa che sono accompagnata con uno, che in questo momento dorme mentre io me la spasso qui fuori... Me ne infischio di quello che può pensare» e perché non ci fossero dubbi lo baciò in bocca.

«Elena, tu sei proprio matta» le disse Varallo.

«Un tempo ti piacevano le mie mattie. Mi desideravi per quello. Ora, a quanto sento, hai perfino smesso di desiderarmi... Sono tanto imbruttita?» domandò preoccupata.

«Sei rimasta la stessa. Ma non sono rimasto lo stesso io. Elena, tu non ti vuoi persuadere che Gabriella ha contato qualcosa per me.»

«Se non l'amavi, andiamo.»

«A questo proposito, le nostre vedute sono nettamente divergenti. Per te è importante quello che provi tu; per me quello che prova l'altra persona.»

«Ho capito: Gabriella non la volevi deludere, per questo avevi accettato di andare a star con lei.»

«Be', e ti sembra una cosa fatta male? Vuol dire che uno ha riguardo a quello che desidera l'altra parte. A te invece non importava nulla che ti amassi...»

«Avrei voluto amarti io... Ma siccome non era possibile...»

«Non è mai possibile. Non bisogna pensare a noi stessi... Solo alle esigenze della controparte. Io per esem-

pio dianzi ti ho detto che quella Carolina volevo lasciarla... ma non perché ne fossi geloso. Perché ormai ritenevo che potessi esserle solo di peso. Lei ha il suo lavoro,
nel suo ambiente può anche aver trovato qualcuno che le
piace... Me lo dici, io, cosa ci sto più a fare? »

« Ti senti messo da parte. »

« No, è che uno deve sapersi tirar via quando è venuto
il momento. Tu sei il contrario di me » aggiunse dopo un
attimo di riflessione. « Quanto più io cerco di spersona-
lizzare le situazioni, tanto più tu badi solo al tuo interesse. »

« Saremo diversi, come dici, ma la conclusione è la
stessa: che ci sentiamo inutili... Intendo dire che non siamo di sostegno a nessuno. »

« Questo è vero, purtroppo. »

« Potremmo soltanto sostenerci a vicenda. »

« No » disse Varallo. « Tu hai il tuo giornalista, che tra
poco si sveglia e ti chiama; io la figlia del mio portiere... »

« Siamo stati due ore a chiacchierare e non te ne sei
nemmeno accorto. Di' la verità, che con me non ti an-
noi. »

« Il guaio è che si chiacchiera, e basta. »

L'accompagnò fino al cancelletto. E lì, lo abbracciò e
lo baciò, incurante di una macchina che faceva manovra
nella strada.

VIII

Una mattina, arrivando da Elena, vide un assembramento. Capì subito che era successo qualcosa. Una volta lì, se ne rese conto ancora meglio: il giardinetto era invaso dai curiosi, sulla porta stazionavano due carabinieri... Ne uscì Vesce, e lui lo chiamò:

« Commissario ».

Vesce lo riconobbe subito:

« Oh. Signor colonnello » disse andandogli incontro cerimoniosamente. « Purtroppo ci vediamo sempre in queste tristi circostanze... »

« Perché? Che è successo? »

« La signorina Raicevic è stata uccisa. Dev'essere successo stamani presto. L'inquilina del piano di sopra dice di aver sentito un colpo provenire dal pianterreno... Ma lì per lì non ci ha fatto caso. In casa c'è il padre, che non sa darsi pace. L'uomo che stava con lei non lo sa ancora: non ho creduto necessario svegliarlo. »

Come sempre in questi casi, i pensieri di Varallo presero un andamento frivolo. Gli venne la curiosità di sapere come mai erano lì i due carabinieri.

« Li ho precettati io » rispose il commissario. « Non credo di aver fatto male, in un momento come questo dobbiamo cooperare tutti alla buona riuscita delle indagini. Se volesse cooperare anche lei... »

« Volentieri » rispose Varallo, ed era sincero. « Lei da quanto tempo è qui? »

« Da un paio d'ore. M'hanno avvertito a casa e sono corso subito... »

« Chi l'ha avvertita? »

« Uno dei miei uomini. »

« Dunque il delitto dev'essere avvenuto molto presto » disse Varallo. « Diciamo... stamani alle sette. Coincide con quello che ha detto la vicina? »

« Sì, press'a poco. Dice di non aver capito bene la natura del colpo, ha pensato che fosse dovuto a una porta sbattuta... Non ha riflettuto che qui, siccome c'è uno che dorme, si è attenti a non fare il più piccolo rumore. Ci ha pensato dopo, quando è stato scoperto il cadavere. »

« Chi l'ha scoperto? »

« La donna delle pulizie, che viene sempre verso le otto. »

« L'ha interrogata? »

« Certo. »

« Allora non importa che lo faccia io. Vorrei invece dare un'occhiata al cadavere... »

Lo vide quasi sulla porta. Fece accuratamente i suoi rilievi, come se si trattasse di un'estranea. « S'è già fatta un'idea del delitto? » disse la voce del commissario alle sue spalle.

« Io sono arrivato appena adesso » rispose Varallo. « Lei invece è qui da due ore... »

Il commissario allargò le braccia:

« Stavolta ci voglio andare coi piedi di piombo... Non voglio espormi a un'altra brutta figura... Secondo lei, c'è un collegamento tra i due delitti? ».

« Com'è stata ricostruita la meccanica di questo? »

« L'assassino (o l'assassina) ha suonato; e appena la signorina Raicevic le ha aperto, ha sparato subito... »

« Allora un collegamento c'è. Chi ha ucciso la signorina Raicevic ha ucciso la signora Turri. Si è trattato, in tutt'e due i casi, di vittime incolpevoli. Quello, o quella, ma è più facile che fosse un uomo, cercava un'altra persona. »

« Chi? »

« Nel caso della signora Turri, me; nel caso della signorina Raicevic, l'uomo con cui vive... Vede, commissario, bisogna per forza tornare all'ipotesi del terrorista che lei ha avanzato subito. Io c'ero tornato ripensandoci tra me e me: un delitto compiuto così a sangue freddo esigeva per forza un delinquente efferato, uno che non si commuovesse tanto facilmente... »

« Anch'io pensavo che non ci potesse essere altra spiegazione; ma ora questo nuovo delitto mi sconcerta... »

« Perché? »

« La meccanica, mica è stata identica: alla signora Turri, a quanto pare, hanno sparato alle spalle. Doveva trattarsi di qualcuno, quindi, nascosto nell'appartamento. Alla signorina Raicevic, invece, hanno sparato di fronte... »

« Poco importa che la meccanica sia diversa. Nel caso della Turri, l'assassino s'era nascosto in casa: per ammazzare me, questo è ovvio. Solo che io sono tornato molto tardi, mentre prima è entrata Gabriella. L'assassino sente rumore in sala, esce dal suo nascondiglio e le spara... »

« Come mai? » disse il commissario. « Se era lì per aspettar lei... »

« Gabriella può essersi voltata e averlo visto in faccia. »

« Se la perizia balistica dice il vero, i colpi sono stati esplosi da dietro. »

« È un particolare che non conoscevo. Ma la mia ipotesi resta in piedi... Metta che Gabriella si fosse seduta sul divano... e che il terrorista sia uscito dal suo nascondiglio: da dietro può averla scambiata per me. »

« In che modo? Anche da dietro uno si sarebbe reso conto che si trattava di una donna. »

« E se Gabriella si fosse messa il mio berretto? Le piaceva scherzare in questo modo. Il berretto le nascondeva i capelli... Non dimentichi che se l'era accorciati... »

« Effettivamente il suo berretto era vicino al corpo... Tanto che non sapevo spiegarmelo. »

« Ecco un altro particolare che non conoscevo. Per questo m'ero fatto un'idea sbagliata del delitto. Pensavo che l'assassino fosse balzato fuori dal suo nascondiglio appena sentito entrare qualcuno. »

« Dove avrebbe potuto nascondersi? » domandò il commissario.

« Ci sono tanti posti. In bagno. Nel ripostiglio... No, nel ripostiglio no, se è vero che Gabriella aveva con sé il mio berretto, doveva per forza averlo preso lì... Adesso che ci penso, dev'essere stato proprio il bagno il nascondiglio di quel criminale. Ci ho trovato un po' di cenere di sigaretta. »

« Ma scusi, lei non era convinto che fosse stata la signorina Raicevic? »

« Sì, ma poi mi sono convinto del contrario. Lei aveva meditato di uccidere Gabriella — ha dovuto ammetterlo — ma le è mancato il coraggio di eseguire il piano. Così ho ripiegato sull'ipotesi di uno a cui non facesse impressione uccidere. E a chi non fa impressione? Ai terroristi. Bisognava per forza tornare all'ipotesi che lei aveva formulato subito e che era stata troppo frettolosamente scartata da tutti noi... »

« Quando ha visto per l'ultima volta la signorina Raicevic? »

« Ieri mattina. In questi ultimi tempi, stavamo insieme quasi tutti i giorni. La mattina lei era sola, perché quello con cui stava dormiva; e io ero libero. Sa, noi pensionati non sappiamo mai come occupare il tempo... »

« Era una consuetudine recente? »

« Sì. Incontrai la signorina Raicevic per strada, e da allora avevo preso l'abitudine di venirla a trovare. Prima però m'ero dovuto convincere che non poteva essere stata lei l'autrice del delitto commesso a casa mia. Sono una persona immorale » concluse sorridendo « ma gli assassini non li frequento. »

« Di chi sta parlando? »

« Dei terroristi. Di quel bastardo che ha assassinato Elena e che ha assassinato Gabriella. »

« Sicché è convinto che si tratti della stessa persona. »

« Mi sembra probabile: quanti terroristi vuol che ci siano in questo quartiere? »

« Ma il giornalista che stava con Elena non lavorava in un giornale di sinistra? »

« È una vecchia etichetta, che ormai non ha più corso. Bisogna aggiornarsi. Il PCI è diventato un partito d'ordine, non le dovrebbe quindi far più nessuna paura. Ricordo che quel giornale era il più zelante nel chiedere la mia incriminazione. »

« Sospetta di qualcuno? »

« Di chi vuole che sospetti? Quell'assassino non ha un volto e temo che non l'avrà nemmeno in futuro. »

Erano entrati in casa ma Varallo non si guardava intorno. E si stupì vedendo un uomo anziano, molto basso di statura.

Sembrava affranto dal dolore: da quello Varallo capì che era il padre di Elena. Erano anni che non lo vedeva. Chi l'aveva avvertito?

Era inutile che glielo domandasse, non sembrava in condizione di capire. Lo domandò al commissario.

« Io » rispose questi. « Non so nemmeno se ho fatto bene, quando ha visto il cadavere, è svenuto. Ma era necessario per il riconoscimento... »

« Perché non ha svegliato quel giornalista e l'ha fatto riconoscere da lui? »

« Perché non c'erano legami di sorta... È meglio far le cose regolari. Piuttosto lei, se è vero che vi frequentavate regolarmente, le avrà fatto impressione vedere il cadavere. »

« No, le assicuro. Io il cadavere di Gabriella non l'avevo visto e attribuivo a questa circostanza il fatto di stentare a rendermi conto della sua scomparsa; quello di Elena l'ho visto ma penso che mi ci vorrà ancora più tempo a rendermi conto che non c'è più... Capisce? Elena era solo un'amica, mentre con Gabriella, pensavo di andarci a stare insieme... »

« A quello che ho capito, vi univa qualcosa di molto solido. »

« Sì » rispose il colonnello. « Magari me ne sono accorto solo dopo la sua morte... Be', arrivederla, signor commissario. È inutile che resti dell'altro qui, v'intralcerei e basta. E poi non voglio trovarmi a quando quello si sveglierà e lo trascinerete davanti al cadavere. Preferisco evitare certe scene. »

«Arrivederla, signor colonnello. La terrò informata di come procedono le indagini... »

Varallo se ne andò. Gli tornò in mente il particolare del berretto trovato vicino a Gabriella: se aveva ripreso a far la buffona, voleva dire che era di nuovo quella di un tempo, quando lo faceva ridere mascherandosi in quel modo... ''Era tornata per far la pace'' si disse Varallo. Ne sentiva più che mai la mancanza; e si diceva che non a-vrebbe avuto pace finché non avesse messo le mani sul-l'assassino.

Anche il commissario potè andare finalmente a casa, ma era molto più tardi. Andava a piedi, tanto il cammino era in discesa. I suoi pensieri erano tutt'altro che allegri. Ripensava a quello che aveva detto Varallo, che il terrori-sta non avrebbe mai avuto un volto. Non c'è infatti nes-sun legame tra l'assassino e la vittima: e si sa bene che è questo e questo soltanto che può illuminare gl'inqui-renti.

Se l'assassino era un terrorista, chiunque poteva avere ammazzato Gabriella, chiunque poteva avere ammazzato Elena. L'inchiesta per l'assassinio di Gabriella non aveva avuto esito, non avrebbe avuto esito nemmeno quella per l'assassinio di Elena.

''Sono scalognato forte'' pensò il commissario. Fu in quel momento che gli balenò l'idea che due omicidi com-messi nello stesso quartiere erano troppi per poter essere attribuiti ai terroristi.

''Chi ha ritirato fuori quest'ipotesi? Guarda caso, Va-rallo... Lo ha fatto certo per stornare i sospetti da sé.''

Era logico sospettare dell'ex colonnello, perché le vit-time avevano avuto tutt'e due rapporti intimi con lui... Una era l'amante in carica, l'altra la ex amante...

Certo, non ci si poteva pensare più come all'esecutore materiale, perché l'alibi era a prova di bomba. Uno non poteva essersi trovato contemporaneamente in fondo alla Via Nomentana a prendere una contravvenzione e sulle pendici di Monte Mario a commettere un delitto. Il commissario aveva fatto la prova: anche con poco traffico, ci voleva un quarto d'ora buono per attraversare la città.

Eccolo là Monte Sacro, appena rilevato sulla pianura. Si vedeva bene dal punto dove si trovava adesso il commissario: quello in cui il viale faceva un'ampia curva.

Varallo era arrivato in prossimità di quel quartiere, come attestava la contravvenzione del vigile. Senza quella fortuna, Varallo sarebbe dovuto arrivare dalla sorella, per avere un testimone a discarico.

Strano però che non si fosse preoccupato di avere un alibi nel caso di Elena. Elena era stata uccisa alle sette del mattino, e Varallo si trovava solo in casa. Eppure gli sarebbe stato facile avere qualcuno che gli facesse da testimone: la figlia del portiere, per esempio. Bastava che con la scusa di farci all'amore se la fosse tirata in casa...

E l'esecutore materiale, chi era? Qualcuno con cui il colonnello era venuto a contatto a causa del suo lavoro e a cui ora voleva far assumere le fattezze del terrorista. Sicuro che in questa qualità non sarebbe mai stato preso.

La speciale polizia creata per combattere il terrorismo, faceva un buco nell'acqua dietro l'altro. Quando l'avevano costituita, Vesce per qualche giorno aveva temuto che lo chiamassero a farne parte. Perché ne aveva previsto il fiasco fin da principio.

Sì, ogni tanto grazie a una soffiata veniva individuato un covo, venivano ritrovate un po' di armi e venivano arrestate un po' di persone. Dopo un certo tempo bisognava metterle fuori: non si poteva provare che facessero parte dell'organizzazione terroristica. Quanto alle armi... chi poteva dire che fossero davvero usate negli attentati di cui erano piene le cronache dei giornali?

"Terroristi possono essere tutti" pensò Vesce. "Possono esserlo diventati anche i miei figli. Io li ho educati bene: ma può darsi che il contatto con altri ambienti li abbia contagiati." Ne aveva due, un maschio e una femmina, che erano all'Università e gli sembrava che si fossero buttati male: al punto di drogarsi, o di entrare a far parte dell'organizzazione terroristica.

Il vantaggio dei terroristi era appunto di non essere

conosciuti. Erano incensurati, e chi poteva sospettare di loro? Magari, in casa e con gli amici, recitavano la parte dei santocchi. Chi poteva sospettare di una bella ragazza, che magari sembrava unicamente intenta a collezionare successi amorosi?

Sua figlia era brutta. Lo era anche suo figlio. Il lato rassicurante del loro comportamento era l'atteggiamento di ribellione che avevano assunto: se avessero avuto qualcosa da nascondere, pensava Vesce, avrebbero assunto l'atteggiamento opposto.

Per un momento considerò con simpatia perfino i teorici della lotta armata: per lo meno si facevano notare per il loro estremismo. I terroristi veri e propri, invece, era probabile che passassero inosservati.

Secondo Varallo, il secondo delitto gettava luce sul primo. Dimostrava che le due donne erano state ammazzate per sbaglio.

Nel suo buonsenso il commissario invece si rendeva conto che il secondo omicidio smentiva il primo: anche se era stato commesso poco distante. Non era possibile che la stessa mano avesse ucciso Gabriella ed Elena: fallendo l'obiettivo in tutt'e due i casi.

E poi, se i terroristi avessero voluto veramente eliminare il colonnello Varallo, ci avrebbero riprovato. Gli era andata male la prima volta; poteva andargli bene una seconda.

Evidentemente i due delitti dovevano essere considerati separatamente: anche se Varallo conosceva tutt'e due le vittime. Ma se restava sempre il maggior indiziato nel caso dell'omicidio di Gabriella, anche se non poteva esserne stato l'esecutore materiale: era per lo meno strano che avesse ucciso l'ex amante. Possibile che si fosse tenuto dentro il desiderio di vendetta per tanto tempo?

A casa il commissario fu accolto dalle rimostranze della moglie per via dell'ora:

« Noi abbiamo già mangiato. I figlioli avevano una lezione alle tre del pomeriggio... ».

« Avete fatto bene. Io sono venuto così in ritardo perché è stato commesso un altro omicidio nel nostro quartiere. Ormai Monte Mario si sarà fatto chissà che brutto nome. In ufficio non ci sono nemmeno stato. È stata uccisa una ragazza che viveva con un giornalista... Sai come sono queste ragazze d'oggi. Io la conoscevo: l'avevo dovuta interrogare per l'omicidio precedente, dato che poteva essere sospettata anche lei...»

«Perché?»

«Perché era stata anche lei l'amante di quel Varallo, in casa del quale fu uccisa la signora Turri...»

«Sicché sono state uccise due amanti di Varallo.»

«Certo, è chiaro che quel brutto tipo è al centro di tutt'e due le vicende. Malauguratamente per quanto riguarda la prima ha un alibi di tutto rispetto.»

«E per quanto riguarda la seconda?»

«Per quanto riguarda la seconda no, bisogna credergli sulla parola.»

«Tu gli credi?»

«Sì e no, io diffido di tutti, lo sai bene.» E concluse con la frase che gli era abituale: «Io prima sono uno sbirro e poi un uomo».

Mangiò in fretta e tornò a uscire. Ma non era per andare al commissariato. Aveva pensato, prima, d'interrogare il direttore del giornale presso cui lavorava l'amante di Elena Raicevic.

Faceva il capo-cronista: poteva darsi che la sua attività professionale avesse dato ai nervi all'organizzazione terroristica. Lo chiese al direttore del giornale, che si meravigliò della domanda:

«In questo caso avrebbero ucciso lui; mentre è stata uccisa la donna con cui viveva».

«Sì, ma con tutta probabilità s'è trattato di uno sbaglio.» Aggiunse, come se facesse una riflessione ad alta voce: «Certo è strano che il terrorista non sapesse che la vittima designata dormiva».

«Perché strano? In genere i capo-cronisti non fanno servizio la notte. Lo fanno solo qui, dove siamo a corto di personale. Ne abbiamo molto meno che al *Messaggero*...»

Il direttore del giornale era tutto gentilezze e sorrisi, ma il povero Vesce si sentiva sempre più costernato: la sola ipotesi che stesse in piedi era proprio quella del terrorista. Inutile incriminare un'altra volta Varallo: in base a quali indizi, poi? È vero, stavolta mancava dell'alibi; ma mancava anche del movente. Per cui quando Vesce, la sera, andò dal questore, si guardò bene dal tirare in ballo l'ex colonnello dei carabinieri. Anzi, fece propria la sua ricostruzione dei due omicidi.

« È il secondo fatto di sangue che viene commesso nel suo quartiere » aveva esordito il questore. « Il primo lei non fu buono di trovare il colpevole; deve trovarlo assolutamente in questo secondo caso. »

« Potrebbe trattarsi anche della stessa persona » disse il commissario, benché ormai non credesse più a quest'ipotesi.

« Sarebbe meglio » rispose il questore. « Così verrebbe assicurato alla giustizia il responsabile dei due fatti criminosi; e l'opinione pubblica si sentirebbe rassicurata. »

"Meglio un corno" avrebbe voluto rispondergli il commissario; ma si trattenne. Coi superiori era invariabilmente rispettoso. Con gl'inferiori no: era la sua concezione della vita, e non aveva difficoltà a esporla: « Pari a me, non c'è nessuno. Io ho solo pochi superiori, e molti inferiori. Coi primi devo mostrarmi rispettoso, coi secondi posso levarmi anche qualche soddisfazione ». La "soddisfazione" consisteva invariabilmente nel mettersi sotto i piedi il malcapitato e fargli soffrire le pene dell'inferno. Una volta aveva detto: « Io, anche uno che sia mio pari grado, ma abbia qualche giorno d'anzianità in meno, lo considero subito un inferiore ».

Si sforzò dunque di spiegare pazientemente e rispettosamente al questore la difficoltà dell'indagine:

« Se l'autore dei due crimini è un terrorista, è con ogni probabilità qualcuno che non aveva legami con la vittima. E allora, come trovarlo? È peggio che cercare un ago in un mucchio di paglia. Vagli a dare un volto a questo terrorista, fra tutti i pacifici abitanti del mio quartiere... ».

« I giovani non saranno tanto pacifici » lo interruppe il questore.

« I giovani forse no; in ogni caso è difficile venire a capo della faccenda... Stia a sentire: c'è un criminale a cui sono stati indicati come bersagli un colonnello dei carabinieri e un giornalista che s'è particolarmente distinto nella campagna antieversiva, benché scriva su un giornale di sinistra. Si reca quindi nelle loro case per sopprimerli. In tutt'e due i casi si frappone una donna tra lui e la vittima designata, e non esita a eliminarla. Sa come sono freddi e feroci questi terroristi... Danno continui esempi della loro ferocia. »

« Ragione di più per assicurarne uno alla giustizia. »

« Io sarei felicissimo di farlo; ma creda, le difficoltà non sono poche. Vai a pescare un terrorista tra le centinaia di migliaia di cittadini incensurati del mio quartiere... E può essere uno venuto di fuori. Capisce? Un terrorista non lascia tracce. Ha ammazzato lui quella persona ma avrebbe potuto benissimo essere un altro. Mentre nel caso del delitto passionale, è facile risalire alle responsabilità. Saranno del marito, o dell'amante... La causale è quasi sempre la stessa, la gelosia. »

« Anche nel caso che ci riguarda, la causale sarebbe la stessa, il fanatismo politico che spinge questi tali al delitto. »

« Ma il fanatismo politico si nasconde facilmente. Uno mica ce l'ha scritto in fronte che è un fanatico politico. Apparentemente è un cittadino come tutti gli altri. »

« Lei quindi è pessimista circa la possibilità di far luce su questo nuovo episodio criminoso. »

« Se devo essere sincero, sì. »

« La cosa mi preoccupa per le ripercussioni che potrà avere sull'opinione pubblica. Che è già in allarme, non c'è bisogno che lo sia ancora di più. Me li immagino domattina i titoli dei giornali... »

« L'opinione pubblica non ha modo di farsi sentire » disse cinicamente il commissario.

« Se ne fanno interpreti questi farabutti di giornalisti. Che sanno come alimentare la morbosa curiosità della gente. E la chiamano libertà » aggiunse con disprezzo. « Io trovo che era più giusto un tempo, quando questi crimini non venivano dati in pasto alla gente. Allora un fatto di sangue non era montato: appunto per non diffondere l'allarme. A proposito, com'è la situazione nel suo quartiere?»

«Tranquilla. Non dico mica, la gente avrà anche paura, ma non lo dimostra.»

«Quali sono stati i commenti a caldo?»

«I soliti, che non si vive più, che ci sono troppi delinquenti in giro, che la polizia ha le mani legate... Domani gliele canteranno chiare i giornali. E finché spezzano una lancia in nostro favore, bisogna riconoscere che fanno il loro dovere.»

«Lei, come intende comportarsi?»

«In un caso così, non saprei nemmeno da che parte rifarmi.»

«Perché non se ne sbarazza? Perché non lascia che se ne occupi la speciale polizia antiterrorista?»

«Qual è la procedura per passarle l'indagine?»

«È semplice: basta che lei faccia un rapporto a me, in cui dica quello che mi ha detto, io provvedo subito a convocare il capo della speciale polizia antiterrorista...»

«Quello che si dà le arie di essere un nuovo Petrosino?»

«Vedo che ci siamo capiti. Lui poi troverà il modo di farle sapere di avere avocato a sé le indagini sul delitto Raicevic. Mi sembra che non si possa fare diversamente, dal momento che lei non ha idea di chi possa essere stato.»

«Le ho chiarito appunto le difficoltà dell'accertamento. Un terrorista non ha un volto e non l'avrà mai.»

«Non stia a spiegarlo a me, lo spieghi nel rapporto.» E, mentre se ne stava andando: «Me lo faccia avere subito domani».

IX

Il commissario lo compilò la mattina, con l'aiuto di Varallo; l'aveva mandato a chiamare per mezzo di un piantone. Appena lo vide, si alzò e gli andò incontro: « L'ho fatta venir qui, invece di venir io da lei, come sarebbe stato doveroso, perché avremo bisogno della dattilografa. Si tratta infatti di compilare un rapporto al questore sull'assassinio di Elena Raicevic... ».

Uscendo, Varallo diede un'occhiata all'orologio. Erano le dieci e mezzo: sperava che fosse più tardi.

Avrebbe potuto occupare il tempo portando a spasso il cane: ma non se la sentiva, adesso che era morta Elena.

Nemmeno se la sentiva di tornare a casa: era vuota, adesso che non vi sarebbe potuta più comparire Gabriella. Passò quelle due ore che lo dividevano dal pranzo sul cocuzzolo di Monte Mario, da cui si vedeva il panorama della città.

Avrebbe dovuto essere contento che quell'improvvisa chiamata al commissariato fosse dovuta solo alla stesura di un rapporto: vedendosi davanti il piantone, aveva temuto che il commissario si fosse messo in testa qualcosa. Stavolta gli sarebbe stato molto difficile stornare da sé i sospetti. Non aveva infatti un alibi: non avevano suonato alla porta nemmeno quei rompiscatole, testimoni di Geova o venditori ambulanti, che ti vengono per casa alle ore meno opportune; né aveva ricevuto telefonate. Nessuno poteva quindi testimoniare che alle sette di mattina era in casa.

S'era subito rassicurato, vedendo il commissario e sentendone le parole. Ma nel breve tratto in cui aveva seguito il piantone, che ignaro di tutto non aveva potuto dirgli nulla, s'era sentito un certo non so che dentro.

Non avendo più niente da temere per sé, si chiedeva cosa ci stesse a fare ancora al mondo.

Le persone a cui era più legato se n'erano già andate: non sarebbe toccato anche a lui far lo stesso? La voce del commissario gli giungeva da una distanza lontanissima. Il commissario si lamentava che l'immagine del quartiere sotto la sua giurisdizione fosse cambiata per effetto di quei due delitti:

« Prima era un quartiere tranquillo. I colleghi m'invidiavano questa poltrona. La consideravano una sinecura. Mi dicevano: Beato te che non hai pensieri. In effetti a Monte Mario non c'era una delinquenza organizzata né nulla. Sì, circolava un po' di polverina, ma quella circola dappertutto. Io facevo sorvegliare l'uscita dalle chiese e l'uscita dalle scuole, perché è lì che s'appostano gli spacciatori... Be', non sono riuscito a venire a capo di niente. A ogni modo quella era normale amministrazione, chi ci faceva caso? Adesso invece siamo un quartiere malfamato, caro colonnello. Peggio della Suburra degli antichi romani. Basta nominare Monte Mario, la gente si fa subito il segno della croce. Lo sa che prima mi davano pensiero gli uomini che non avevano occupazione? Che occupazione vuole che avessero in un quartiere abitato da gente onesta, tranquilla, pacifica... Che non abbiano idee per la testa, si vede alle elezioni: votano tutti per i partiti dell'ordine... ».

« Dica pure che votano per i fascisti. »

« Cos'è il Movimento Sociale Italiano se non un partito dell'ordine? » si risentì il commissario. « Adesso invece questi due orribili fatti di sangue hanno macchiato la nostra reputazione... Non ce lo potremo mai scrollare di dosso, il brutto nome che ci siamo creati, d'essere gente violenta: tanto più che non riusciremo a individuare i colpevoli. Sa che le dico? che questi terroristi, se potessimo acciuffarli, si vedrebbe che non sono gente del quartiere. Tra di noi pecore nere non ce ne sono. »

"Ci sono io" avrebbe voluto dirgli Varallo, ma s'era

trattenuto: il commissario non capiva questo genere di spirito. In fondo era contento di aiutarlo a compilare il rapporto. Gliene aveva anche parlato:

« Per me non è un disturbo: si figuri, non so mai come occupare il tempo ».

« Lei è sempre giovane » aveva sentenziato il commissario. « È stato precipitoso nell'andare in pensione. Tra un anno avrebbe potuto essere generale... Uno deve tentare di arrivare in cima alla carriera. E lei c'era quasi arrivato... »

« Perché deve fare tutta questa fatica? »

Il commissario l'aveva guardato come se non capisse. Evidentemente non s'era mai fatto una domanda simile.

« Ma lei non resterà a lungo disoccupato » aveva concluso guardandolo. « Prima o poi qualche industria le offrirà un posto di responsabilità. Dia retta a me, accetti. Uno non deve mettersi a riposo prima del tempo... »

"È così, io ho voluto mettermi a riposo prima del tempo ma, ancora una volta, ho commesso uno sbaglio. Elena l'aveva capito. È inutile dire, Elena era intelligente, sapeva leggere nell'animo delle persone."

La sua scomparsa, di cui cominciava a rendersi conto, non lo addolorava come lo aveva addolorato la scomparsa di Gabriella; ma capiva che d'ora in avanti gli sarebbe venuto a mancare un consigliere, un giudice d'appello. Che poteva anche emettere sentenze sbagliate; ma appunto, erano inappellabili.

Restò a lungo su quel cocuzzolo ventoso. Gli tornò voglia di fumare: chissà che una sigaretta non lo aiutasse a risolvere i suoi problemi. Per levarsi dalla testa quell'idea, si mise un filo d'erba in bocca.

La città si stendeva a perdita d'occhio. Solo le case subito sotto erano grosse. Si capiva che ospitavano molte famiglie. Davano anche angoscia, perché erano quasi uguali: tutte molto alte, con due balconcini a ogni piano.

Viste di lì, suggerivano l'idea di un gioco per bambini. Purtroppo erano un gioco per grandi. Che erano stati inscatolati là dentro, due o tre famiglie per piano. I balconcini suggerivano l'idea di due soli appartamenti; ma poteva anche darsi che fossero tre.

In genere erano tre per piano. Uno poteva non avere le finestre sul davanti, ecco tutto. "Ma supponiamo pure che gli appartamenti siano solo due: ogni casa ne contiene almeno quattordici. Quante famiglie ci sono in questo breve tratto di strada?"

Cominciò a contare, interrompendosi quasi subito: "È un conto stupido quello che sto facendo. Chissà quante strade ci sono, a Roma".

Si vedevano bene solo le prime: quella su cui erano schierati i palazzi, e le traverse che ci sboccavano. E s'intuivano gli spacchi dietro dalle linee delle terrazze e dei tetti. Anche quelli erano strade. Ma dopo, che arruffio, che confusione! Chi era più in grado di capirci qualcosa? Solo i monumenti si levavano alti sopra le case: da loro ci si poteva orientare.

Ecco, vicino, la Cupola di San Pietro. Ecco il monumento a Vittorio Emanuele II. Ecco la cupola di una chiesa che sapeva dove stava, anche se ne aveva dimenticato il nome. Era una cupola slanciata, doveva essere del Borromini. Quelle del Bernini erano tozze...

Pochi anni prima le sue considerazioni sarebbero state molto differenti. La vista della città distesa ai suoi piedi non gli avrebbe suggerito nulla circa l'affaticarsi di quella povera gente: solo pensieri retorici sul passato glorioso dell'urbe, testimoniato dagli avanzi, che si vedevano bene se erano in posizione elevata, come il Palatino e lunghi tratti delle Mura Aureliane. Si vedeva bene anche l'Aventino ma lui, quel colle, non lo guardava volentieri. Perché non era un simbolo del potere ma della ribellione. Anche in epoca moderna s'era chiamata così la ribellione al fascismo.

"Adesso solo le pene della gente m'interessano" pensò Varallo. I fumi della retorica s'erano dissipati. "Non sono più ubriaco. Ma pensare agli altri mi ha cambiato, o sono il solito egoista, che in realtà pensa solo a se stesso?"

Ne concluse che era questa la verità: "Allora cosa importa che non mi esalti più per le glorie passate? Nel fondo, uno non può cambiare: se era un egoista rimane un egoista. Aveva ragione Elena a pensarla così".

Glielo diceva anche Gabriella che pensava solo a se stesso. La sua morte non lo aveva scosso minimamente.

"Gli altri soffriranno, ma non quanto soffro io" pensò Varallo. "Quelle degli altri saranno sofferenze fisiche mentre le mie, sono sofferenze spirituali..."

Per quanto possa sembrare paradossale, Varallo soffriva di non essere un altruista. Si accorse anche lui del paradosso; pensò che, se soffriva per gli altri, qualcosa ci sentiva. Non era vero che fosse completamente insensibile...

Sentiva qualcosa per gli altri, ma faceva forse qualcosa per loro? Cercò invano una persona a cui avesse fatto del bene. "Non sarò un egoista dentro, ma mi comporto come se lo fossi. Sentire compassione a cosa serve, se non ti fa agire in pro di un'altra persona?"

Lui ne aveva avuto la possibilità. E l'aveva buttata al vento. Sarebbe bastato così poco a far felice Gabriella! Sarebbe bastata una parola, un gesto. Purtroppo quella parola non l'aveva detta, quel gesto non l'aveva fatto.

Era facile capire che Gabriella si aspettava che lui prendesse l'iniziativa di qualcosa. Che una sera le dicesse: "Resta con me". Purtroppo non gliel'aveva mai detto. Era prevalso il suo piccolo egoismo, che lo spingeva a mettersi davanti al televisore...

La sera, era la parte della giornata che amava di più. C'era prima l'amore, poi i piccoli piaceri della cena, della televisione... Possibile che non fosse disposto a sacrificarne nemmeno mezzo per un piacere molto maggiore, quale avrebbe potuto essere la compagnia di Gabriella?

Si disse che quel vizio era anche la sua punizione: giacché non avrebbe più avuto la possibilità di vivere per un'altra persona. Gabriella era morta, e con lei se n'era andata la possibilità di non essere solo.

"Potrei vivere nel ricordo di lei. Ma sì, sono proprio il tipo. A me una donna fa piacere solo se è in carne e ossa, solo se ci posso fare all'amore... Non sono un romantico, che si contenta dei fantasmi del passato."

Gabriella s'era affrettato a sostituirla. Be', Carolina per lo meno non l'avrebbe illusa. Gliel'avrebbe detto chiaro e tondo che non l'amava; e che per il suo bene era necessario che si lasciassero...

Sarebbe stata la prima azione nobile della sua vita: per il bene di quell'altra persona, avrebbe rinunciato al piacere che poteva dargli... Ma non è che ci avesse lo zampino il desiderio di rimanere solo?

Ai suoi occhi i piaceri si equivalevano tutti, quello del letto, quello della tavola, quello di stare davanti al televisore acceso... Perciò era pronto a rinunciare al primo. Non per un impulso altruistico; per il suo contrario.

Aveva sempre agito per motivazioni personali. "Anche tutto il cambiamento che ho fatto in questi ultimi anni... e che sbandiero sempre davanti a me stesso: l'ho fatto per raggiungere una perfezione solitaria. Mi sono detto che era una vergogna essere fascisti. E che questa vergogna dovevo scrollarmela di dosso una volta per sempre. Il fascismo era dovuto alla retorica, all'ignoranza, al sottosviluppo."

Adesso non era più fascista, ma era rimasto un egoista. Era stato dunque un cambiamento da poco.

"È vero che la vista della città mi angoscia... ma mi angoscia per me, per quello che credo di soffrire. Degli altri non me ne importa niente."

La vista di quegli appartamenti in fila gli richiamava alla mente le sofferenze di tutti quei disgraziati, ma non perché gli importasse di loro. Perché, per analogia, pensava alla propria disgraziatissima situazione.

Gli altri erano solo uno specchio delle sue sofferenze, questa era la verità. Gran parte dell'arte veniva in tal modo a vacillare: perché metteva davanti agli occhi delle persone gli specchi, non le cose, cioè i sentimenti.

Ogni tanto guardava l'orologio. E gli dispiaceva che il tempo non passasse mai.

Cercò di concentrarsi in quella vista meravigliosa. Roma sembrava una città piatta, mentre il terreno su cui sorgeva era quanto mai mosso. Non per niente gli antichi la chiamavano la città dei sette colli. Va bene, erano colline da poco, anche se di lontano si vedevano: e sembravano più alte della marea di case circostanti solo a causa dell'imponenza degli edifici.

Roma faceva l'effetto di un coperchio. Che coprisse cosa? Solo sofferenza e pene...

"Il lavoro li stordisce" pensò Varallo. "Un tempo ero anch'io in quel modo. Lavoravo tutto il giorno; da ultimo ero stanco ma soddisfatto. Soddisfatto di che? Di non aver più da lavorare... Che per quel giorno finalmente fosse finita... Oh Dio, c'era spesso anche una ragazza che veniva a rallegrarmi la serata... Ma m'erano indifferenti tutte. La sola che non mi fosse indifferente era Gabriella. Con lei il piacere era qualcosa di più che un godimento momentaneo. Ogni volta ci sentivamo più vicini l'uno all'altra..."

Il godimento fisico era poca cosa rispetto al godimento spirituale. Succede sempre così quando c'importa qualcosa di quell'altra persona...

E quando non ce ne importa? Nel suo caso era stata la regola: aveva sempre avuto intorno donne di cui non gl'importava nulla. Ci andava solo per il godimento fisico. Che era brevissimo. Altri erano più duraturi, per esempio quello della tavola. Allora come va che attiravano meno?

La stessa dizione "il piacere" indicava quello venereo. Segno che agli occhi di tutti era il piacere per eccellenza. Era qualcosa di positivo, o solo lo spegnimento del desiderio? Be', non bisognava starci tanto a pensare, altrimenti si approdava al pessimismo. Una cosa era certa, che quel piacere lì aveva bisogno d'essere contornato da altre cose. Uno la donna non la doveva solo desiderare, bisognava anche che le volesse bene...

Si ricordò di un pensiero di poco prima, che s'era concretato nell'espressione "le gioie della vita". Quali sarebbero state queste gioie? Certo, più del piacere momentaneo, che poteva raggiungere anche punte molto alte, era importante la contentezza... cioè un piacere meno acuto, ma costante... E che soprattutto includesse tutte le altre cose.

"Ecco quello che avrei dovuto provare nei confronti di Gabriella" si disse Varallo. "Avrei dovuto dirmi che era una fortuna essermi imbattuto in una donna simile. Giacché la donna amata deve apparirti diversa da tutte le altre."

Con una parola s'intendeva ciò che ti legava, non soltanto a quella donna, anche alle cose. Giacché tutto doveva legarsi insieme. Se l'immagine di una donna non si stampava sul resto, non era vero amore.

Poteva dirsi davvero che lui avesse provato un sentimento simile per Gabriella? "No, io sono un pezzo di ghiaccio; mai il sentimento per una donna s'è riflesso sulle cose. Segno che non era un vero sentimento, che era desiderio e basta. Lasciamo perdere questo argomento, di cui devo ormai parlare al passato. Giacché la sola donna che avrebbe potuto cambiarmi è morta. Prendiamo le altre cose della vita: ce n'è forse qualcuna di cui m'importi? Adesso per esempio davanti al panorama della città resto freddo. Va bene, Roma m'è sempre stata estranea, ci sono venuto che ero già grande. Ma m'importa forse qualcosa di Trieste, dove ho passato l'infanzia e l'adolescenza? Se me ne importasse, la rivedrei dietro le altre. In questo momento per esempio ho davanti a me il panorama di Roma e dovrei confrontarlo con quello di Trieste. Dovrei dirmi che Trieste è molto più piccola, ma che le dà respiro il mare, che qui manca del tutto. Non basta: Trieste ha subito dietro di sé i monti. Mentre qui, il solo monte che si veda, il Soratte, è molto distante da Roma."

E, a parte il panorama, chissà quanti angoli c'erano che avrebbero potuto ricordargli quelli della sua città, se gliene fosse importato qualcosa. "Si tratterà, magari, dello scorcio di una strada, o dell'esposizione di un palazzo. Io non ho mai sobbalzato di gioia per aver fatto una scoperta del genere."

Il passato non lo attirava; d'altra parte al futuro non ci poteva nemmeno pensare. "So già cosa mi aspetta, un seguito di giorni uno uguale all'altro, che sarà faticoso far passare: senza più cambiamenti nella mia vita. Il portiere smetterà di chiamarmi signor colonnello e mi chiamerà signor Varallo o dottore o vattelapesca. O addirittura fingerà di non vedermi per non salutarmi.''

A poco a poco gli avrebbero voltato le spalle tutti. I segni della decadenza sarebbero stati visibili presto... Già Carolina non gli sembrava più quella che era stata in principio. E aveva ragione d'essersi raffreddata verso di lui: dal momento che non poteva raccomandarla.

''Se la raccomandassi oggi, non avrei più nessun potere. Tutto il potere consisteva nel fatto che ero un colonnello dei carabinieri. Gli altri cosa potevano saperne, che quel potere non lo usavo perché mi avrebbe ripugnato farlo? Vedendo il grado che avevo, potevano pensare che fossi vendicativo come loro. Per cui si affrettavano a mettersi al mio servizio.''

Il mondo era composto tutto di gente come Vesce. La regola era quella. L'eccezione era lui, che non poteva certo farsene un vanto: peggio, infatti, essere insensibili che vendicativi.

''Adesso sono solo un pensionato, chi volete che si curi di me?'' Gabriella se ne curava. Per lei era indifferente vederlo in divisa oppure no, e che avesse fatto domanda per il pensionamento anticipato o che restasse in servizio.

Elena non glielo aveva mai detto apertamente, ma si capiva che era dispiaciuta di vederlo pensionato. Elena dava importanza a queste cose, all'ufficio, al grado, alla funzione di ciascuno. Le nascondeva (forse anche a se stessa) sotto un velo di sentimentalismo: «Io e Varallo siamo vecchi amici, è giusto quindi stare insieme... ».

Ormai sia Elena che Gabriella erano ombre, fantasmi. Non doveva starci più a ripensare.

Ci ripensava perché non sapeva su cosa fermare il pensiero. Il passato gli era indifferente, il futuro odioso, il presente nemmeno esisteva. ''Cosa sarebbe il presente? Che io sono qui seduto, con gli sterpi e i fili d'erba che mi cominciano a far male, e nelle pupille ho questa visione della città? Ma tutto, il male al sedere e l'incanto nelle pupille, diventa subito passato: non posso pensare a una cosa che l'ho già pensata."

Il presente era sempre istantaneo. Anche quando conteneva il piacere venereo. Si poteva dire che il piacere per eccellenza nemmeno esistesse. Dal momento che se ne aveva coscienza solo quando era già passato.

Pure, tutto tendeva instancabilmente a quello. Era una specie di legge di natura. Anche lui ci si assoggettava, dato che l'aveva eretto a sistema di vita. L'amore tanto per fare, era diventata la regola della sua esistenza.

Diede ancora un'occhiata al panorama della città. Un rumore immenso, attutito dalla lontananza, giungeva ai suoi orecchi. Certo, non si poteva negare che tutto questo fosse bello: il rumore lontano, la città indaffarata, le automobili che sembravano giocattoli, le donne che apparivano minuscole... Se ne vedeva qualcuna nella prima fila di case, affacciata a una finestra o al balconcino. Doveva essere la pausa di un lavoro domestico, certo pesante e impegnativo come tutti quelli di casa. Ce ne voleva a rendere lucido un pavimento. Bisognava strusciare con forza e, dopo, scuotere il cencio da spolvero. Era proibito scuoterlo in strada, ma agli ultimi piani se ne infischiavano. Poteva darsi che una di quelle donne si fosse affacciata un momento alla finestra o al balconcino con l'idea di vedere se passava nessuno e scuotere rapida il cencio; ma poi fosse rimasta a guardare il traffico. Era la donna di servizio o la padrona? Se stava troppo alla finestra, voleva dire che era la donna: la padrona avrebbe pensato solo alla pulizia della casa e le sarebbe stato intollerabile perdere tempo a guardar fuori.

"Le donne sono maniache della pulizia. Anche alcuni uomini. Io no: quando furono aboliti gli attendenti, stetti quindici giorni senza rifarmi il letto. E senza spazzare, senza vuotare i portacenere... Che giorni beati! I mozziconi erano sparsi dappertutto; ogni cosa era fuori posto." Dopo aveva dovuto mettersi d'accordo con la moglie del portiere perché gli venisse a fare le pulizie: e tutto era tornato a brillare come uno specchio.

Per un certo periodo la casa gliel'aveva tenuta in ordine la figlia del portiere. Guai se lui la disturbava mentre era intenta alle faccende. Gli si rivoltava come una jena. Gli diceva: «Ti sembra questo il momento?».

Per lui ogni momento andava bene, non aveva la testa ad altro; si meravigliava quindi della reazione della ragazza. Per le donne evidentemente era una specie di religione quella della casa. La tenevano pulita e in ordine, che facesse sempre la sua figura.

«Per chi deve far figura, se da me non viene mai nessuno?» protestava il colonnello. "Non importa, le donne hanno in mente un ipotetico visitatore, è per lui che tengono pulito, anche se il padrone di casa non si accorge di niente." Carolina era sempre a ripeterglielo: «Non ti accorgi di nulla».

E se l'ipotetico visitatore fosse stato come lui, un uomo ossessionato dal pensiero delle donne? Uno a cui non fosse importato niente della pulizia e dell'ordine, ma che avesse avuto in mente solo quella parte del corpo femminile?

Anche in caserma, erano sempre a spazzare e a lucidare. E in caserma non c'erano donne. È che molti uomini avevano una mentalità femminile; e chi non l'aveva, bisognava che se la facesse, se voleva essere un buon comandante di compagnia, di battaglione o di reggimento. Quando lui aveva quella mentalità lì, era apprezzato dagli uomini. Che avevano preso a disistimarlo da quando aveva smesso di pretendere che i locali del comando fossero in perfetto ordine.

La bellezza era un ostacolo a quella perfezione morale a cui tendeva ormai con tutta l'anima. Perché? Perché distraeva in continuazione. Uno per correr dietro ai fantasmi della bellezza non stava più attento a fare i passi sulla strada della perfezione.

Rivolse un'occhiata d'odio al panorama, poi guardò l'orologio: erano passate quasi due ore, se avesse camminato adagio sarebbe arrivato a casa in tempo per farsi servire il pranzo.

Si alzò; e provò sollievo che gli fosse finito il dolore al sedere. Ma subito dopo si disse che il sollievo altro non era che la cessazione di un dolore: non bisognava quindi rallegrarsene troppo.

Eccolo nuovamente incanalato nel traffico cittadino. Non era gran cosa, pensionati che portavano a spasso il cane, impiegati che rincasavano a piedi. Era la prima strada che s'incontrava, con una fila di case da una parte e, dall'altra, i campi. Ma tutti si tenevano dalla parte delle case. Non c'era nessuno che camminasse lungo la siepe polverosa che delimitava la strada dalla parte dei campi. "Come mai?" si domandò Varallo. La spiegazione poteva essere anche banalissima, quegli uomini erano usciti da una di quelle case, o erano scesi da un autobus che aveva la fermata accanto al marciapiede; ma poteva darsi che la ragione vera fosse il bisogno di stare insieme. A quale scopo? "Perché tutti abbiamo una pena crescente dentro; e desideriamo stare a contatto di gomiti con gli altri, per averli vicino a noi."

E poi nessuno si teneva accanto alla siepe per non essere preso dalla tentazione di scavalcarla. La campagna voleva dire vagabondaggio, avventura, libertà, e queste erano considerate cose da evitare: nessuno intendeva vagabondare a caso, volevano tutti tornare a casa dalla moglie. "Anch'io torno a casa, benché non mi aspetti nessuno. Ho solo un po' di fame, e desidero metterla a tacere. Sono i bisogni fisici a tenerci legati alle abitudini. Facciamo quello che abbiamo sempre fatto. Abbiamo sempre camminato sul marciapiede, perché camminare accanto alla siepe? Perché prendere uno dei viottoli in salita che conducono al cocuzzolo da cui vengo? Dianzi ne ho preso uno: ma perché non mi andava di tornare a casa a mezza mattinata. E perché sapevo che ci sarei tornato dopo, quando lo stomaco si fosse messo a brontolare."

I pasti li consumava in cucina. La signora gli apparecchiava e lo lasciava solo. Mangiando non poteva non pensare a Carolina, che aveva un'ora d'intervallo appena e quindi le mancava il tempo per tornare a casa. Mangiava sempre in compagnia, alla mensa della RAI.

Purtroppo non ne era geloso. Aveva voglia Carolina a parlargli dei suoi colleghi d'ufficio (tutti molto giovani, uomini e donne): se lo faceva apposta per ingelosirlo, perdeva il proprio tempo.

Alzandosi da tavola, diede un'altra occhiata all'orologio: l'essenziale era arrivare alle sei, quando sarebbe venuta la ragazza. Purtroppo c'erano sempre molte ore, ma lui poteva sperare di riempirle con un sonnellino e con la lettura. Poi ci sarebbe stato un gradevole intermezzo. Poi la cena (che si preparava da sé), poi il programma alla televisione... finché sarebbe venuto finalmente il momento di andare a letto.

"È così anche per gli altri" si disse Varallo per consolarsi. "È così per tutti. È così la vita che la società impone a ciascuno di noi. Ma che senso ha? La vita ha un senso solo se si è in preda a una grande passione. Che può dare anche sofferenze, non importa, uno si sente vivo. Non vive per mangiare e dormire, come faccio io adesso, ma per soffrire e per poter godere, al di là della sofferenza presente, la sperata felicità futura."

Poteva darsi che questa felicità fosse un miraggio, un'illusione. Ma una vita senza illusione non valeva la pena viverla.

"Eppure tirano avanti tutti." Già ma perché così imponeva la tirannia sociale. Chi si fosse ribellato a questa legge, chi si fosse tirato in disparte, "lungi dalla pazza folla", come suonava il titolo di un romanzo letto di recente; chi avesse guardato alle cose "sub quadam specie aeternitatis", come dice Spinoza, si sarebbe subito accorto dell'infinita vanità del tutto, come dicono Schopenhauer e Leopardi. In queste condizioni non valeva più la pena vivere.

"Si vive bene finché si è giovani" e pensò a Carolina. Ma lui cosa lo aspettava? Una lenta ma sicura decadenza fino all'estrema vecchiaia...

Va bene, anche Carolina si sarebbe sfasciata appena avesse avuto un figlio; ma era solo un'ipotesi (poteva darsi che figli non ne avesse), mentre il suo sfacelo era certissimo...

Cinque minuti dopo, nemmeno ricordava quello che

aveva mangiato. A letto, voleva a tutti i costi prender sonno, ma proprio questo lo teneva sveglio.

Al solito, non sapeva a che pensare. Il suo progetto di istruirsi era andato in fumo con la morte di Gabriella. Non stava più volentieri in casa; d'altra parte, a quale scopo uscire, se era stata uccisa anche Elena?

Quello che gli dava piacere un tempo, di essere libero dopo il servizio, adesso non gliene dava più: dal momento che di libertà ne aveva quanta ne voleva.

Si mise a pensare al discorsetto che avrebbe fatto quella sera stessa a Carolina. Avrebbe esordito dicendole che era nel suo stesso interesse lasciarlo: per lei non sarebbe stato un disonore, dal momento che era già stata disonorata dal fidanzato... La continuazione della tresca non poteva che pregiudicarla. E che fosse una tresca lo dimostrava il fatto che lui, Varallo, non intendeva affatto sposarla, benché ne avesse la possibilità. Avrebbe potuto anche cambiar parere su questo punto, ma sarebbe rimasto sempre il fatto che aveva trentun anni più di lei.

E se Carolina non fosse rimasta scossa da quei discorsi? Se gli avesse ripetuto che non intendeva lasciarlo perché lo amava?

Avrebbe tentato di farle cambiare idea anche a questo proposito:

"Può darsi che i primi tempi fossi infatuata di me. Adesso ti vai convincendo che è stato uno sbaglio, ma non hai il coraggio di confessarlo nemmeno a te stessa. Lì in ufficio avrai sicuramente incontrato qualche giovanotto che ti sarebbe andato molto meglio. Anche perché pieno di quell'entusiasmo di cui invece io sono sprovvisto... Credimi, Carolina, la gioventù è la migliore stagione della vita non per le ragioni che vengono addotte di solito, ma perché c'è l'entusiasmo. Che con gli anni, viene fatalmente a mancare. In gioventù, ci si aspetta ancora tutto dalla vita. Da vecchi, cosa vuoi aspettarti? Se si ha a disposizione solo uno scampolo di tempo...".

E se Carolina non si fosse arresa nemmeno a quelle parole? Allora le avrebbe detto: "La tua è una semplice infatuazione. Ti sei innamorata della divisa, del grado...

Adesso che non sono più colonnello dei carabinieri, comincia già a passarti".

La sola che lo avesse amato era stata Gabriella. Non glielo diceva solo a parole; glielo dimostrava coi fatti. "Per lei era indifferente che fossi in divisa o in borghese. Sai come mi preferiva? Che non avessi niente addosso..."

"Anch'io ti preferisco in questo modo" avrebbe potuto rispondergli lei.

"Bugiarda." Se proprio avesse insistito, le avrebbe confessato la verità: non poteva legarsi a lei perché non l'amava.

"Non è che ami un'altra: non ho mai amato e non potrò mai amare nessuna. Il mio dramma è appunto questo, di non provare amore. È probabile che tu non capisca, siamo troppo diversi. Non solo di età, anche come temperamento. Tu sei il tipo che si entusiasma, io no. Sono sempre stato freddo. Può darsi che la mia freddezza da principio abbia contribuito alla tua infatuazione; ma finirai col sentirla come un difetto... Ed è un difetto: vorrei avere quello che mi manca."

Alle due si alzò: si sentiva la bocca impastata, segno che aveva finito con l'addormentarsi. Mancavano sempre quattr'ore alla venuta della ragazza. Varallo le passò in casa. Dove sarebbe potuto andare?

Cercò di concentrarsi nella lettura. Non gli riusciva. La sua mente era svagata: inseguiva un pensiero dopo l'altro.

Alla fine si rassegnò alla labilità mentale. Non gliene importava nulla di finire quel librone. Un proposito simile poteva interessare il Varallo di una volta, quello che voleva dare tutta un'altra impronta alla propria vita; non il Varallo che aveva deciso di togliersela.

Quando, l'aveva deciso? Che importanza aveva? Quella decisione lì toglieva ogni importanza alle altre.

Pure, continuò a pensarci: tanto per occupare il tempo. Gli sembrava infatti, quelle quattro ore, che non dovessero passar mai.

Continuava anche a leggere macchinalmente. La sua mente era altrove. Poteva darsi che a deciderlo fosse stata la notizia appresa in un grosso libro di storia della filosofia che un sapiente dell'antichità era stato chiamato il Persuasore di Morte in quanto s'era accorto che i dolori sono molto maggiori dei piaceri e che quindi non vale la pena vivere.

Erano più persuasivi Leopardi e Schopenhauer. Il primo sembrava che parlasse proprio di lui quando diceva che il pastore invidiava le sue pecore: perché non riflettono sulle condizioni della vita.

"Nemmeno io ci riflettevo" si disse Varallo. "Accettavo supinamente quello che era considerato vero nella mia famiglia o nel mio ambiente di lavoro. Ma anche dopo, che molte di quelle pretese verità le rigettavo, mi teneva attaccato alla vita la fatica... Non vedevo l'ora di andare in pensione, per smetterla con quel mestiere disumano, con quell'abbrutimento forzato..."

L'abbrutimento impediva di pensare. È per questo che gli uomini erano costretti a estenuanti turni di lavoro. Varallo aveva letto di recente l'*Utopia* di Tommaso Moro. Sarebbe possibilissimo diminuire le ore di lavoro. C'è un solo inconveniente a questo progetto: che gli uomini avrebbero troppo tempo per riflettere sulla propria sorte.

La frequenza dei suicidii è in rapporto diretto col tempo libero. E con l'alto tenore di vita. Chi ha tutto, chi non ha da temer nulla, riflette sulla propria vita e, se lo convincono i ragionamenti dei pessimisti, se la toglie.

Schopenhauer dice, con evidente contraddizione, che il suicidio è una riaffermazione della volontà di vivere. Probabilmente egli era spaventato delle premesse poste: che portavano dove avevano portato, tanti secoli prima, le teorie del Persuasore di Morte. Schopenhauer intendeva far macchina indietro ma come riuscirci senza ricorrere ai sofismi?

Anche lui, Varallo, si comportava in modo contraddittorio aspettando Carolina. Non poteva farla finita subito?

È che voleva sciogliere l'ultimo legame con la vita. Liquidata la faccenda di Carolina, avrebbe potuto considerarsi perfettamente libero.

Libero di cosa? Di togliersi la vita: non c'era altro da fare.

Aveva tre sorelle, ma non l'avrebbero pianto a lungo. Ciascuna di esse aveva la propria vita, due erano anche sposate, dovevano badare al marito e ai figli, e avrebbero finito col rallegrarsi che il fratello avesse lasciato loro qualcosa in eredità.

Giacché non avrebbe fatto testamento: non ne sentiva davvero il bisogno. A che pro farlo, se non era in debito con nessuno?

Nemmeno con Carolina? Ma le aveva fatto un gran regalo mettendola alla RAI. Non c'era bisogno che gliene facesse altri.

Gabriella, certo, non se ne sarebbe accontentata. Avrebbe preteso che lui vivesse. Giacché anche quel poco amore che poteva darle le era necessario.

"Ecco, supponiamo che Gabriella non fosse stata assassinata. Appena mi avessero messo in pensione, saremmo andati a stare insieme: adesso staremmo insieme da mesi. Ma Gabriella sarebbe come il primo giorno, amorosa, sollecita del mio bene... Non la posso immaginare diversamente, e poi, come avrei potuto deluderla? Mostrandomi freddo? Ma la mia freddezza, l'aveva già sperimentata. Stando con me, Gabriella si sarebbe convinta che è la mia natura e non avrebbe tentato di cambiarmi. Io non mi sarei mai entusiasmato per nessun motivo, al contrario di lei. Mi piacevano però i suoi entusiasmi: per quale ragione, se non potevano arrivare a scuotermi?"

Telefonò al commissario Vesce:

«Pronto, dottore, sono Varallo. Ci siamo visti stamane per quel rapporto sull'assassinio di Elena Raicevic. Io credo che lei abbia fatto bene a rifilarlo alla speciale polizia antiterrorista: Elena Raicevic è caduta realmente vittima di uno di loro. Per Gabriella Turri, invece, mi sono tornati i dubbi. Quel terrorista che mi aspettava in bagno mi persuade poco. Tra parentesi, la cenere di sigaretta non è affatto la prova della presenza di un estraneo: perché potrei avercela lasciata io. Ho notato che i delitti dei terroristi si svolgono all'aperto, per la strada... Se davvero quei tali avessero mirato a me, avrebbero potuto agevolmente sopprimermi quando viaggiavo in automobile... Bastava che un paio di loro si fossero appostati su un'altra macchina e avessero messo in moto appena uscivo... ».

« Da dove? »

« Dalla caserma, o di casa, non ha nessuna importanza. »

« Ma le telefonate minatorie le aveva avute. »

« Sì. Ma lo conosce anche lei il proverbio: Dal dire al fare c'è di mezzo il mare. » Rifletté che era sempre in bocca a Elena: « Se non fosse il particolare dei colpi sparati da dietro, sarei tornato alla prima ipotesi ».

« E cioè? »

« Che l'assassina fosse Elena Raicevic. Assassinata poi a sua volta da un terrorista. Sa che quel giornalista ha una rivoltella di cui si serve quando deve fare la notte? L'ho saputo da un suo collega... Stia a sentire: Elena era al corrente che Gabriella veniva da me alle sette... »

« Come faceva a esserne al corrente? »

« Gliel'avevo detto io. L'ultima volta che era venuta da me, un mese prima dell'assassinio della povera Gabriella... »

« Ah, questo me l'aveva tenuto nascosto. Stando alla sua deposizione, l'ultima volta l'aveva vista in un caffè più di due anni fa. »

« Vedo che le ha mentito. Dunque aveva qualcosa da nascondere. Ascolti, quel giorno maledetto il giornalista non è in casa: è dovuto andare al lavoro. Naturalmente non ha preso la rivoltella: la prende solo la sera, per difendersi dai malintenzionati. Elena la mette nella propria borsetta, e si avvia a piedi verso casa mia. Deve averlo fatto diverse volte, ma non osava suonare, perché sentiva la mia voce... »

« Come faceva a sentirla? »

« Incollando l'orecchio alla porta, si sente tutto. Invece, la sera del 12 dicembre, nessuna voce veniva dall'interno dell'appartamento. Elena se n'è meravigliata, perché un minuto prima aveva visto entrare Gabriella, si sarebbe aspettata quindi di sentire due voci... Si fa coraggio, e suona. Non sa nemmeno se userà la rivoltella, vuol solo insolentire quella che secondo lei è un'intrusa... Certo, ci sono quei colpi sparati da dietro che non riesco a spiegarmi. »

« Non dia importanza a quella perizia. Sa, le perizie balistiche sono poco attendibili. Un foro d'entrata può essere scambiato facilmente per un foro d'uscita. »

« Lei se ne ricorda, cosa diceva? »

« L'ho sempre qui sul mio tavolo... Aspetti che gliela leggo. Intanto posso dirle che i proiettili erano calibro 7,65: ne siamo sicuri perché furono trovati conficcati nella parete. »

« Quale? »

« Quella che era alle spalle della signora. »

« Vede che i colpi non possono essere stati esplosi da dietro. »

« Già, è questo che mi ha reso scettico fin dal principio sui risultati della perizia balistica. Ma io la interrompo di continuo, concluda, la prego. »

« È presto detto: basta controllare la rivoltella di quel giornalista, se il calibro è il 7,65, è possibile che sia stata l'arma del delitto. »

« C'è un punto debole nella sua ricostruzione » disse il commissario. « Come mai la vittima era riversa sul divano? Segno che aveva parlato con la persona che l'ha poi assassinata. Ora, se questa persona fosse stata la signorina Raicevic, la signora Turri l'avrebbe tenuta sulla porta. »

« Si tengono sulla porta quelli che ci vogliono appiccicare qualcosa, i venditori di lamette, tanto per dirne una. Ma quando la persona che ha suonato deve parlarti, perché, a suo dire, la cosa è d'importanza vitale per tutt'e due, la si fa entrare. Elena stessa voleva entrare e mettersi a sedere, perché era molto agitata. Non poteva parlare con la rivale in piedi sulla porta... Si sarà limitata a dirle: "Sono Elena Raicevic: mi fa entrare?". Una volta seduta, le ha domandato se m'avrebbe fatto felice. Può darsi che

Gabriella si sia risentita e le abbia domandato a sua volta con che diritto le rivolgeva la domanda. E lei: "Col diritto di una vecchia amica. So che Mario le ha parlato di me, sa quindi benissimo cos'ho rappresentato per lui". E Gabriella, di rimando: "Io so solo che l'ha fatto soffrire". Immagino la replica di Elena: "Adesso non lo farei soffrire più. Adesso sono cambiata. Adesso lo farei felice". "Intende dire che vorrebbe trovarsi al mio posto?" Possono essere state queste le ultime parole di Gabriella. Giacché lei stessa avrebbe dato l'idea dell'omicidio a Elena. Può darsi che Elena abbia detto qualcosa, o che non abbia detto niente e si sia messa a sparare. Poi è uscita di corsa lasciando la porta aperta: è stato il suo solo errore... »

« Di errori, mi pare che ne abbia commessi parecchi. Siamo lontanissimi dal delitto perfetto. Intanto, poteva sopraggiungere lei e buttare tutto all'aria. Che ne sapeva l'assassina che era andato a cacciarsi nel traffico della Nomentana? A fil di logica, sarebbe stato più giusto che fosse venuto a incontrare la sua amante. »

« Cosa mi tira fuori la logica quando le dico che Elena aveva la mente sconvolta. Può darsi che non si sia nemmeno resa conto di quello che faceva. Può darsi perfino che se ne sia dimenticata... Era una cosa tanto orribile, che ha voluto a ogni costo rimuoverla dalla mente. Può darsi che, quando con me ha negato di essere lei l'assassina, fosse a metà sincera. Può darsi che a livello della coscienza avesse rimosso l'assassinio... »

« Non facciamo romanzi. Stiamo ai fatti. Prima di tutto va controllato il calibro di quella rivoltella... »

« Mi dica una cosa, signor commissario: i periti non sapevano di quei proiettili conficcati nella parete? »

« Non lo sapevano no, altrimenti sarebbero stati più cauti nel dare il loro responso... Quei proiettili, li hanno trovati i miei uomini. E io ho pensato subito che l'assassino (o l'assassina) doveva essere una persona conosciuta dalla vittima... Che ci s'era messa a parlare seduta sul divano, mentre quella le stava di fronte, in poltrona... »

« Quando le è arrivata la perizia balistica, non ha dovuto riveder tutto? »

« Io non le do molta importanza. So che i periti possono anche sbagliare, con tutta la loro prosopopea. Certo, stavolta hanno commesso uno sbaglio macroscopico. »

Dopo un po' disse:

« Peccato che l'assassina sia morta. E che fosse più una candidata al manicomio criminale che a una casa di pena. Lei, frequentandola, se n'era mai accorto di queste sue tendenze? ».

« M'aveva allarmato il fatto che fosse crudele con gli animali. Me lo raccontò candidamente, arrivava quasi a vantarsene... Da quello mi feci l'idea che potesse commettere anche un crimine; ma il fatto che fosse un'indecisa, mi spinse ad accantonare l'ipotesi. Non corriamo troppo con la fantasia: bisogna che il calibro di quell'arma corrisponda, altrimenti diventa tutto poco credibile. »

« Io non mi occupo più delle indagini » disse il commissario dall'altro capo del filo.

« Di quelle per l'assassinio di Elena Raicevic. L'assassinio di Gabriella Turri resta competenza sua. »

« L'indagine è chiusa, lo sa bene. »

« Ma può riaprirsi in qualsiasi momento. Se emerge un fatto nuovo... »

« Nel caricatore di quella rivoltella dovrebbero esserci tre pallottole di meno. »

« Elena può avercele rimesse. Non quella sera lì, tanto era sicura che lui nemmeno ci guardava; in seguito. Ogni tanto quel tale avrà fatto un controllo. O Elena poteva temere che lo facesse... »

« Non mettiamo tanta carne sul fuoco. Prima bisogna sapere del calibro di quella rivoltella. Cercherò di saperlo oggi stesso e poi glielo comunicherò. »

Dopo la telefonata, Varallo diede un'occhiata all'orologio: erano le quattro e un quarto, aveva tutto il tempo di prepararsi per la visita di Carolina.

X

Carolina arrivò alle sei in punto, stanca e sudata. Varallo cominciò a rimproverarla perché era venuta direttamente dall'ufficio a casa sua:

«In questo modo i tuoi se ne accorgono».

«Tanto se ne sono già accorti. È inutile, con loro, stare a far misteri. Anche tu, ti potresti comportare in modo molto più naturale, quando li incontri.»

«Vorresti che li considerassi miei suoceri? Se tuo padre è più giovane di me.»

«E con questo?» insisté la ragazza.

«E con questo, non mi va di trattarlo in modo familiare, come pretenderesti tu. Lo so, tu vorresti fare tutta una famiglia; ma io ho le mie esigenze.»

Improvvisamente Carolina gli diede del bugiardo. Gli disse: «Hai messo su tutta questa commedia per conseguire i tuoi soliti scopi. Volevi che passassi da casa perché mi venisse in mente di cambiarmi. Ma stasera te ne puoi dimenticare di fare all'amore... Perché io non sono in condizione di farlo».

«Nemmeno io ne ho voglia. Ti devo parlare. Siediti.»

«Sto benissimo anche in piedi. Se ti ci vuoi metter tu sulla poltrona, non è il caso che fai tanti complimenti. Tu sei un egoista, ami fare i tuoi comodi ma non lo vuoi dare a vedere... Perciò pretendi che gli altri ti imitino.»

«Era proprio di questo che ti volevo parlare. Del mio egoismo. È vero, io non mi preoccupo mai degli altri. Anche di te, finora mi sono presa pochissima cura.»

«Infatti mi tieni come amante. Mentre io vorrei diventare tua moglie.»

« Lo pensi in questo momento perché è fresco il ricordo dei primi tempi; ma vedrai che presto interverranno altre considerazioni, più prosaiche, a farti cambiare opinione. Ti dirai che di un marito vecchio non sai che fartene. Che se fossi rimasta libera avresti potuto trovare un giovanotto che facesse al caso tuo... Carolina, io non intendo legarti in nessun modo. Non intendo pregiudicare il tuo futuro. »

« Non mi sposi per questo, per non pregiudicare il mio futuro? » Scoppiò in una risata cattiva: « Sentitelo, come si prende cura di me. E pretende anche che gli si creda, quando finge di sacrificarsi per gli altri. Tu hai di mira una cosa sola, il tuo porco comodo. Sei un egoista. Sei un egoistaccio. È inutile che presenti le tue azioni sotto un'altra luce... ».

« E va bene, mettiamola su questo piano, se ti fa piacere. Io dico che lasciarsi converrebbe a tutti e due. A te, perché potresti trovare un marito; a me, perché riprenderei la vita da scapolo... »

« Io non ho nessunissima intenzione di trovarmi un marito che non sia tu. Ma accetto anche questa situazione, di te che non mi sposi e mi tieni per amante... » Gli diede un buffetto su una guancia: « Non ti sarà facile sbarazzarti di me, bello mio. Mettitelo bene in testa ».

« Vuoi del denaro? Dei gioielli? »

« Io non voglio né denaro né gioielli; io voglio te. Che sarai magari un farabutto, ma ti prendo come sei. Ti dirò di più, la tua farabuttaggine in certi momenti mi piace... »

« In quali momenti? »

« In quelli che non possono esserci tra noi stasera. »

« Lo capisci, Carolina, che io ti considero come un corpo solamente? » proruppe Varallo esasperato. « A volte sembra che tu lo faccia apposta, nel suscitare la mia voglia... Anche stasera che sai di non poterla appagare, perché mi vieni davanti con questo vestito scollato? »

« Vuol dire che un'altra volta indosserò una tonaca, come le monache. Così non mi potrai veder niente. »

« E perché mostri le cosce? Potresti avere un contegno più modesto. »

« Ma non ci sei che tu » disse la ragazza sorpresa. « In ufficio ci stavo attenta che il vestito non mi risalisse... Anche in filobus. Ma già, a te di questo non importa proprio un bel niente. Tu non mi ami: confessalo. »

« Se l'amore è come lo intendi tu, qualcosa di possessivo e di persecutorio, no, mille volte no; se l'amore deve consistere solo in divieti e persecuzioni... »

« Perché, secondo te come dovrebbe essere? »

« Io ti voglio bene; e, quindi, voglio il tuo bene. Se ho parlato di lasciarsi, è perché mi sembra la soluzione più opportuna. »

« Sarà opportuna per te, non per me. Il voler bene è certo il massimo dell'amore, ma occorrono anche tutte quelle altre cose, come pretendere che l'altra persona ti sia fedele... Io, per esempio, se ripenso a tutte le donne che hai avuto, mi sento avvampare dallo sdegno. »

« Vorresti che fossi alla mia prima esperienza? Alla mia età, non deporrebbe in mio favore. »

« Vorrei che non ne avessi avute tante. Invece qui dentro era una processione, l'ho sentito raccontare ai miei. E chissà quante altre ne avrai avute prima di venire ad abitare in questo palazzo. Su un'esperienza ci si può passar sopra, ma su cento... »

« Dici di me, ma anche tu sei brava ad accomodarti le cose come ti torna meglio. Sostieni che una sola esperienza è scusabile, perché è precisamente quello che è capitato a te. »

« Sarà sempre meglio uno di cento, non ti sembra? Se tu avessi saputo che ero andata con cento uomini, mi avresti voluta ancora? »

« Perché no? Carolina, tu non ti vuoi persuadere che sono un disgraziato. Non guardare al fuori, guarda al dentro. Il fuori potrà anche suscitare invidia, sono un pensionato sempre giovane, ancora ben portante... Non ho preoccupazioni finanziarie, e per molti è la prima cosa. Ma esamina un momento il rovescio della medaglia: sono solo come un cane, non ho moglie né un amico; non c'è niente che mi faccia vivere. Sono un cadavere vivente, anche se mi tengo su. Potrei andare in giro coperto di stracci come un mendicante, sarebbe un modo di vestire più adatto per uno come me. Stamani sono dovuto uscire: i miei passi non facevano rumore, come se fossero stati quelli di un morto... T'è mai capitato di sognare i morti? No, è un esempio che non calza, nei sogni i morti sembrano vivi... È una sensazione che tu non puoi aver provato. Perché bisogna essere vecchi, come me. Allora ci si domanda cosa ci si sta a fare ancora al mondo. »

Carolina lo aveva ascoltato in silenzio, attenta a non perdere una parola. Alla fine disse:

« Capisco che attraversi un momento difficile. Forse risenti a distanza della disgrazia che ti ha colpito ».

« È così. Gabriella, non posso più levarmela dalla testa... »

« Avevi deciso di sposarla, vero? »

« Appena fosse possibile, perché lei era già sposata. Intanto ci saremmo messi insieme. Avevo intenzione di farlo appena mi avessero collocato a riposo, cosa che è arrivata puntualmente un mese dopo la disgrazia... »

« È stata davvero una disgrazia. Per quella poveretta che ci ha rimesso la vita, e per te, che da allora non sei più stato lo stesso... »

« Non ne sei gelosa? » disse Varallo sorpreso.

« Come potrei, se rappresentava tanto per te? Sono gelosa delle altre, perché so che te le sei tirate in casa solo per farci all'amore... Per caso, sono stata come loro? Ho rappresentato anch'io, per te, quello che è stata Gilda? »

« Come fai a sapere di Gilda? »

« Me l'ha raccontato mio padre. La incontra sempre. Anch'io la incontro spesso: in qualcuno di questi negozi... Rimango incantata a guardarla... »

« Non hai detto che la odii? »

« La odio, e insieme l'ammiro. »

« Gilda, io non l'ho mai amata » disse Varallo.

« Lo so, tu hai amato solo Gabriella » sospirò Carolina. « Con tutte le altre, ci sei andato solo per divertirti... Anche con me, sì: è inutile che neghi. »

« Se non mi credi, è inutile che parli » disse diplomaticamente il colonnello.

« Non ti credo, no, non ti credo: sei un bugiardo. »

« Mi dai del bugiardo, mi hai dato anche del farabutto... e vuoi sostenere che mi ami? »

« Ti amo, sì, ti amo » disse Carolina curvandosi su di lui e coprendolo di baci. « Forse proprio perché sei un farabutto e un bugiardo. Se tu fossi una persona perbene, nemmeno ti guarderei. Chi lo direbbe, a vedere la targhetta sulla porta o il biglietto da visita, che non sei una persona degna di rispetto. Sulla targhetta c'è solo il cognome: scritto con una calligrafia svolazzante. Sul biglietto da visita c'è scritto anche Colonnello. Un colonnello, come ci si immagina? Come una persona posata... Invece sei uno scavezzacollo. Forse ti amo proprio per questo, perché sei uno scavezzacollo. »

« Invece, con le donne sono freddo » disse il colonnello. Era l'inizio di quello che avrebbe voluto confessarle.

« È anche logico, il calore, l'espansività, l'affettuosità, si addicono solo a noi... » Le venne un dubbio: « Eri freddo anche con Gabriella? ».

« Sì. Me lo rimproverava sempre. »

« Non era una donna dolce? »

« Sì. Mi faceva i tuoi stessi discorsi, che mi prendeva com'ero. Che mi amava anche per i miei difetti... »

« Io ho cercato di sostituirla come meglio ho potuto » cominciò Carolina. « Lo so da me che non ero all'altezza... Intanto, per le maniere: c'è il caso che tu non mi voglia sposare proprio per questo, perché ti farei fare una cattiva figura. »

« In che modo? Ormai i ceti si sono mescolati. Non ci sono più né signori né popolani. »

« Invece ci sono. Tu sei un signore. Tutti gl'inquilini di questo stabile sono signori. Sapessi che invidia mi avete sempre fatto... »

« Allora ti sei messa con me per una specie di rivalsa sociale. Hai visto in me il signore e hai creduto di innalzarti se diventavi mia... »

« Niente affatto. Non sono stata a fare tutte queste considerazioni. Mi sei piaciuto e basta, per questo mi sono abbandonata tra le tue braccia. »

« Il guaio è che io non ho cuore » disse Varallo.

« Intendi dire che non mi vuoi nemmeno un po' di bene? »

« Intendo dire che sarebbe meglio se ti dimenticassi di me. »

« Sarebbe meglio per me o per te? »

« Per tutti e due. Io non avrei più rimorsi, e tu ti sentiresti libera di trovarti un altro. »

« Di quali rimorsi parli? Tu m'hai dato solo felicità anche se da parte tua ce n'è stata poca. »

« È così » disse Varallo, contento di cogliere la palla al balzo. « Io sono fatto male. Non so gioire dell'amore... Siamo troppo diversi, tu e io. Tu sei il tipo dell'entusiasta, io, tutto il contrario... »

« Facevi gli stessi discorsi anche a Gabriella? »

« Sì. Ero sempre a dirle che ci si doveva lasciare. »

« Da ultimo però voleva lasciarti lei e tu ti opponevi. »

« Be', sai come succede... Quando è la donna a prendere l'iniziativa, l'uomo si sente punto sul vivo... »

« Sarebbe così anche con me » disse Carolina scuotendo la testa ricciuta. Sembrava una negra: aveva le labbra grosse, l'incarnato scuro, i capelli crespi. « Se te lo dicessi io di lasciarci, tu non ne vorresti sapere. »

« Allora, dimmelo. »

« Non te lo dirò mai, perché mi prenderesti in parola. »

« Non ti capisco... Mi accusi di avere tutti i difetti del mondo... eppure sei attaccata a me. Al punto da non volermi mollare in nessun modo. »

Alla fine fu costretto a dirle la verità:

« Io non ti amo. Ti basta che te lo spiattelli in faccia, o vuoi che te lo metta anche per iscritto? ».

Carolina la prese bene. Disse:

« Mica è una novità per me. L'ho sempre saputo. Ma ti amo io: e devi sopportarmi. In questa casa non ce ne devono venire altre, hai capito? Questa casa è mia: mi terrai solo come amante, ma devi tenermi. Puoi coltivare il ricordo di Gabriella; le varie Gilde, scordatele ».

«Carolina, in queste cose bisogna essere in due... Ma se tu sei sola...»

«In due si tiene meglio accesa la fiamma, certo; ma mi arrangio bene anche da sola. Non credere di avermi sconvolta a dire che non mi ami. Già, non credo che sia del tutto vero: non mi amerai, ma ormai ci hai fatto l'abitudine. O lo vorresti negare? Pigro come sei, le amanti te le sei sempre scelte che ti stessero vicino. E chi può starti più vicino della figlia del portiere? Io speravo di venire ad abitare qui come moglie: ma tu non vuoi, e allora sai cosa ti dico? Fai un po' come ti sembra meglio.»

«Non voglio perché sarebbe uno schiaffo a quelli di casa tua.»

«Tanto glielo abbiamo già dato. Credi che ci abbiano sofferto poco? A me non hanno mai detto niente ma io lo vedevo che avevano gli occhi rossi. Li avranno anche adesso, che sono arrivata e non mi sono curata di salutarli. Ma già voi signori avete sempre creduto che noi, solo perché siamo poveri, non s'abbia nemmeno un cuore...»

«Ti ho forse domandato qualcosa di come si comportano i tuoi in tutta questa faccenda? Devi riconoscere che mi sono dimostrato discreto.»

«Chi ha mai parlato di questo? Dico solo che ci consideri esseri inferiori... Me poi mi disprezzi per il fatto che ti ho dato subito ascolto... Di' la verità: non credevi che avrei capitolato tanto facilmente.»

«Io non sono stato a fare calcoli di nessuna specie» borbottò Varallo. «Mi piacevi, e te l'ho detto.»

«Ma ora non ti piaccio più» fece pronta la ragazza.

«Invece mi piaci sempre: altrimenti ti avrei dato il benservito da un pezzo.»

«Se poco fa hai detto che non mi ami.»

«L'amore e il desiderio non sono la stessa cosa. Io ti desidero, anche se non ti amo...»

«Come si può fare un taglio netto tra l'uno e l'altro? Tu hai il torto di analizzare troppo le cose... Dici di non amarmi: ma ci stai volentieri con me, anche se non possiamo far niente?»

«Sì» ammise Varallo.

« Questo è già il principio dell'amore. Il resto verrà in seguito. »

« Siete voi donne che, più in là si va con una relazione, più vi attaccate all'uomo incontrato... »

« A ogni modo io ti ho fatto conoscere il mio pensiero, che non ti lascio nemmeno se mi ammazzi. Vediamo: avresti il coraggio di ammazzarmi? »

« Perché dovrei farlo? »

« E di lasciarmi? »

« Se ti dovesse causare un dolore, no. Vedi, io sono una carogna e tutto il resto, ma certe cattive azioni non le commetto... »

Poco dopo che Carolina se n'era andata, squillò il telefono. Riconobbe la voce del commissario: gli sembrò alterata dall'emozione:

« Ho parlato pochi minuti fa con quel giornalista... Finalmente sono riuscito a trovarlo in casa. Gli ho domandato che calibro ha la sua rivoltella, e mi ha risposto che è una Beretta calibro 7,65. »

« Allora è stata l'arma del delitto. »

« Lei corre troppo con la fantasia. In queste cose bisogna andarci coi piedi di piombo. Gli ho domandato se mancava qualche pallottola al caricatore, e m'ha risposto di no. Aveva controllato l'arma non più tardi dell'altro ieri... »

« Elena può benissimo aver sostituito il caricatore mezzo vuoto con uno tutto pieno. »

« E dove poteva esserselo procurato? »

« Da un armaiolo. Sono convinto che c'è andata subito la mattina dopo. »

« Allora per quella notte il giornalista è andato in giro con tre pallottole di meno. Se avesse controllato l'arma, se ne sarebbe accorto. »

« Elena sapeva di poter correre questo rischio. Evidentemente i controlli dovevano essere rarissimi... Scommetto che sono diventati più frequenti dopo l'assassinio di Gabriella. »

« Intende dire che quel giornalista s'è accorto di qualcosa? O che addirittura ha avuto qualche sospetto sulla donna con cui viveva?»

«No no» rispose Varallo. «Ma sa, un assassinio avvenuto a poca distanza da casa sua deve averlo per forza impressionato.»

«Io ho la lista degli armaioli del quartiere. Voglio farli controllare domani... Sa, quelli non sono negozianti come gli altri. Hanno l'obbligo di registrare tutto ciò che vendono, quindi, se la sua ipotesi è fondata, possiamo far la verifica con facilità.»

«È fondata senz'altro» disse Varallo.

«Certo, la signorina può essersi procurata le munizioni anche in un altro quartiere; ma è più facile in questo... Cominciamo dunque col controllo degli armaioli della zona. Sono pochi, sguinzaglierò i miei agenti... Io andrò a controllare quello che è proprio sotto casa mia.»

«A che ora pensa di esserci?»

«Presto, prima di andare in ufficio. Alle otto e mezzo, quando aprono...»

«Ci sarò anch'io» disse Varallo.

«Va bene. Arrivederci a domattina» fece il commissario attaccando.

XI

Varallo era già lì quando l'armaiolo tirò su la saracinesca. Il commissario arrivò subito dopo.

Si qualificò per quello che era e presentò all'armaiolo il colonnello Varallo. Gli disse che avevano bisogno d'ispezionare il registro delle vendite dell'anno prima.

«Che mese?» domandò l'uomo, che li aveva fatti passare nel retrobottega.

«Credo che basti dicembre.» Subito il 13 risultava venduto un caricatore di rivoltella alla signorina Elena Raicevic.

«Grazie, non mi occorre altro» disse il commissario.

Esultavano tutt'e due, per un motivo differente: il commissario pensava a quanto gli avrebbe giovato l'aver risolto il mistero della donna assassinata nell'appartamento del colonnello; quest'ultimo riteneva di aver pagato il debito nei confronti della povera Gabriella.

La stessa assassina ne usciva meglio del previsto: il fatto che il caricatore l'avesse comprato la mattina dopo il delitto, dimostrava che questo non era premeditato. Lo disse al commissario, che aveva altro per la testa:

«Bisogna che informi subito il questore. Ieri mattina lo avevo informato male, dicendogli che i due delitti erano opera della stessa mano...».

«Ero stato io a suggerirle di scrivere in quel senso. Mi dispiace.»

«Ma cosa dice! Oggi s'è ampiamente riscattato, scoprendo chi ha ucciso Gabriella Turri... Nel pomeriggio dovrò convocare anche una conferenza stampa. Sempre che non dispiaccia alla speciale polizia antiterrorista.»

« Perché dovrebbe dispiacerle? Se si occupa solo del secondo delitto. »

« Ma sa » (il commissario lo aveva preso confidenzialmente sottobraccio) « non corre buon sangue tra noi e quella gente. Benché si provenga tutti dallo stesso corpo. Inoltre possono avere a noia che, mentre loro son destinati a battere la testa contro il muro, noi abbiamo risolto il caso precedente... Dio ne guardi sapessero che le indagini le ha condotte lei, che è un colonnello dei carabinieri, allora si ridesterebbe anche quella rivalità lì. »

« Il merito è tutto suo, signor commissario. »

« È stato lei ad aprirmi gli occhi, con quella telefonata di ieri pomeriggio... Lo sa qual è il suo difetto? Che è troppo modesto. Io al posto suo mi darei un mucchio d'arie... »

« Che arie vuole che mi dia: mi sono fatto infinocchiare da quella furbacchiona. »

« Ormai è acqua passata » e il commissario gli lasciò un momento il braccio per darsi una fregatina alle mani. « L'assassina è stata individuata... anche se, essendo stata assassinata a sua volta, non l'abbiamo potuta assicurare alla giustizia... È questo che devo scrivere nel rapporto... Se m'aiuta, facciamo in un minuto. »

Varallo acconsentì subito, lieto di aver qualcosa da fare che gli riempisse la mattinata.

« Se avesse qualche noia da parte della polizia antiterrorista, me lo faccia sapere » disse il commissario.

« Che noie vuole che abbia? »

« Non si sa mai, con quelli. Possono interrogarla sui suoi rapporti con la vittima... come possono collegare i due delitti e vedere che parte ha avuto lei nel primo. Ieri sono stati tutto il giorno nell'appartamento della Raicevic; oggi potrebbero venire nel suo, di appartamento. »

Stavano andando a piedi verso il commissariato; Varallo propose di fermarsi a un bar:

« Non ho preso ancora nulla... S'intende, offro io ».

« Non lo dica nemmeno per scherzo. Sono in debito con lei della soluzione di un caso che altrimenti sarebbe rimasto per sempre insoluto... oltre che del rapporto di ieri mattina, che fu quasi tutto opera sua. »

« Purtroppo formulava un'ipotesi infondata. »

« Ma lei ha fatto la fatica di stenderlo: vorrà pure dire qualcosa. »

« Non vedo l'ora di riparare al male fatto » disse Varallo; ed era sincero. Pensava già alle prime parole del nuovo rapporto: "Il caso Turri è definitivamente chiuso. Contrariamente a quanto asserito nel rapporto inviato ieri, i due delitti non furono opera della stessa mano. Si dà il caso che la vittima del secondo sia l'autrice del primo...".

« Appena al commissariato per prima cosa telefono al questore » disse il commissario con la tazza del cappuccino in mano. Teneva il mignolo alzato, credendo che fosse il massimo dell'eleganza. « Per informarlo subito, com'è mio dovere, e per poter convocare stasera tutti quei giornalisti... I diritti della stampa sono sacri. » Detta questa bella frase lo guardò, come per constatarne l'effetto.

Varallo, al solito, aveva una faccia impassibile: « La stampa, se non erro, esigeva la mia testa ».

« I giornalisti sono costretti a tener conto degli umori della gente » sentenziò il commissario. « Nel caso suo, avrebbe fatto una buona impressione che fosse stato arrestato un colonnello dei carabinieri. Altre volte, è il sottofondo boccaccesco della storia a incuriosire i lettori. Agli inizi della mia carriera, destò un'enorme impressione un delitto avvenuto in vagone letto. Una donna era stata sbalzata nuda dal finestrino. Nel caso di un delitto che non abbia risvolti eccitanti, la gente cosa vuole? Un capro espiatorio. Purtroppo in questo caso non siamo in grado di darglielo, perché Elena Raicevic è stata a sua volta uccisa... La vorrei vedere la faccia di quel giornalista, quando saprà di avere avuto per amante un'assassina. Anche il direttore del giornale rimarrà con un palmo di naso. Hanno montato tutto questo chiasso, e per cosa? se era una faccenda in famiglia... »

« Mi sembra che la stessa Elena fosse stata redattrice di quel giornale. »

«Ragione di più per non sollevare il coperchio della pentola...» Ridacchiò: «Come dice il proverbio? Non stuzzicare il can che dorme...».

«Per lei, commissario, sarà una soddisfazione aver fatto luce su questo caso: dimostra la sua abilità professionale. Ma per me è stato molto di più: era necessario sciogliere l'enigma, altrimenti non avrei mai avuto pace... Lo sa che non stavo volentieri in casa? Il pensiero che ci avessero commesso un delitto me l'aveva fatta prendere in odio.»

«Le dico la verità: non so come ha fatto a passarci tutto questo tempo. Specie la notte, dev'essere stato uno spavento.»

«La notte era il meno, perché dormivo: ma certo, se mi svegliavo, non riuscivo a riprender sonno... Lei aveva archiviato la pratica; io non l'ho archiviata mai. Stavo sempre a ripensarci...»

«Accendeva la luce?»

«Come fa a saperlo?»

«Perché io avrei fatto così. Anzi, la sera, nemmeno avrei spento. Per paura del buio, avrei preferito dormire con la luce accesa.»

«Io lo facevo per pensare meglio. Ma non è che la vista delle cose consuete mi desse conforto. Mi dicevo che anche Gabriella le aveva viste, nei suoi ultimi momenti: e questo bastava a gettarmi nella disperazione.»

«Lei era molto attaccato alla povera signora?»

«Sì» rispose Varallo. «Anche se ero abituato a tenermi intorno una donna. Per cui, morta lei, l'ho sostituita subito. A volte le apparenze ingannano» concluse con un impercettibile sorriso.

«Già» fece il commissario, che ormai guardava a Varallo come a un dio.

Prima di salire in ufficio, lo fermò:

«Non s'era accorto di niente, quando conversava con la signorina Raicevic?».

«Macché. Gliel'ho detto, l'assassinio era una cosa talmente orrenda che l'aveva rimosso. Io la vedevo sovraeccitata, ma l'avevo sempre conosciuta così... Sicché non sospettavo di nulla. Forse a un estraneo avrebbe fatto tutto un altro effetto: si sarebbe accorto subito che nascondeva qualcosa. »

« Io ero un estraneo, eppure non mi sono accorto di nulla. »

« Lei ha avuto troppo poco tempo per capirla. Io che la conoscevo a fondo non mi sarei dovuto lasciare persuadere che l'assassina non poteva essere stata lei. »

« Siamo tutti colpevoli di aver cercato di dissuaderla » disse il commissario.

« No » rispose Varallo. « Il solo colpevole sono io... È che quella donna era di un'abilità infernale. Mi persuase con l'argomento che lei era una velleitaria e di conseguenza non poteva avere nemmeno commesso un omicidio. »

Quel secondo rapporto, lo scrisse anche più in fretta del primo: lo aveva già tutto in testa. Non bisognava addentrarsi nei meandri della psicologia di Elena, altrimenti non si sarebbe fatta più finita: al questore (come al commissario) potevano bastare i fatti. E cioè, che il calibro della rivoltella coincidesse, e che il giorno dopo Elena si fosse affrettata ad acquistare un caricatore... A quale scopo? Purtroppo era morta anche lei, non le si potevano rivolgere domande...

Altrimenti sarebbe stato facile farla confessare. Sarebbe bastato domandarle a bruciapelo: "Perché subito il giorno dopo hai comprato le pallottole mancanti?".

Elena era pronta a tutto, non si faceva mai cogliere di sorpresa; ma messa di fronte a una domanda del genere, non avrebbe saputo cosa rispondere. E avrebbe confessato. Ecco, per dissipare ogni dubbio, mancava sempre la cosa più importante: la confessione dell'assassina...

Lo disse al commissario, che annuì:

« Stavo appunto pensando a questo ».

Alle dieci, Varallo era già fuori del commissariato. Mancavano sempre otto ore alla venuta di Carolina. Ammesso che non si fosse offesa per la sera prima.

"Meglio" si disse Varallo. Meglio che si fosse sbarazzato di Carolina, dopo essersi sbarazzato di Gabriella. Sarebbe rimasto finalmente solo, libero di prendere la sola decisione ragionevole: il suicidio.

Pensò alla reazione del commissario quando avesse appreso la notizia: una nuova morte violenta che veniva a macchiare la reputazione del quartiere. Per quanto, si poteva sempre sostenere che l'assassinio dell'amante, avvenuto proprio in casa sua, gli avesse sconvolto la mente al punto da indurlo a compiere il gesto disperato...

"Io avrei compiuto invece il solo gesto ragionevole della mia vita. Che ci sto a fare al mondo, se non ne apprezzo la bellezza?"

La bellezza era ciò che ti legava alla vita. La grande giustificazione dell'arte era appunto questa. L'arte rafforza il nostro amore alle cose...

Lo vedeva con Gabriella: "Lei l'avrebbe apprezzata, una mattinata di sole. Coglieva subito i primi segni del cambiamento di stagione. Non era una cerebrale come Elena. Apprezzava tutto della vita: anche una bella giornata...".

È vero, era soprattutto attenta ai suoi cambiamenti d'umore. Ma legava tutto insieme, e apprezzava tutto. Avrebbe certamente apprezzato che il caldo fosse indizio della presenza della primavera e, nello stesso tempo, lasciasse già presagire l'estate. Quando il caldo fosse diventato insopportabile, lui sarebbe dovuto fuggire da Roma. Per andar dove?

Gli sarebbe stato facile stabilirlo, se una donna si fosse decisa ad accompagnarlo. Avrebbe lasciato che lo stabilisse lei. Gabriella aveva sempre fatto così: gli proponeva, per la prossima estate, l'Egitto o la Scandinavia. Lui allegava lo stato delle sue finanze, che non era florido. Gli avrebbe sì permesso di andare in ferie, ma vicino.

Di solito Gabriella gliene cominciava a parlare molto tempo prima. Ne parlavano, si può dire, tutto l'anno. Gabriella, che era ingenua e credeva che le agenzie turistiche dicessero la verità, gli riempiva la casa di dépliants pubblicitari.

Quell'anno, non gliene aveva ancora parlato. È che quell'anno le cose sarebbero state molto diverse, finalmente si sarebbero messi insieme. Mentre prima stavano insieme solo durante le vacanze.

Lui lamentava che fossero una coppia irregolare: «Non so mai come presentarti. Se dico che porti un cognome diverso dal mio, si mettono subito in curiosità».

«E tu fai finta che siamo sposati.»

«Ma non è vero! Diamo nell'occhio anche perché io sono un uomo anziano, e tu, una bella ragazza.»

«Anche tu sei un bell'uomo.»

«Ma sono anziano. Ho i capelli bianchi.»

«Ti dispiace che tra noi ci sia tutta questa differenza di età? Dici sempre che all'opinione altrui non ci guardi: invece ci guardi, eccome!»

«Ci guardo per queste cose qui; non per le altre. La gente della pensione per esempio è fascista: ci sarei andato d'accordo alcuni anni fa. Ora invece non perdo occasione per polemizzarci...»

«Non si possono fare queste distinzioni. Sei sempre a dirlo che il pubblico rifluisce nel privato, e viceversa.»

«È verissimo: le cose dovrebbero combaciare. Nel caso mio non combaciano ancora. Sono solo a metà un uomo nuovo. I vecchi pregiudizi continuano ad aver presa su di me. Non influenzeranno la mia mente: influenzano il mio comportamento...»

«Perché non mi ami» diceva tristemente Gabriella.

«Una passione come quella che vorresti tu, sarebbe in contrasto con le mie nuove convinzioni. Dài tempo al tempo. Vedrai che cambierò anche sotto questo profilo.»

«Temo che non cambierai mai» sospirava Gabriella. «Per esempio, non smetterai mai di avere una donna intorno. Non ti basto io, ne vuoi altre venti.»

«Un tempo questo costume faceva parte della mia ideologia. Mi dicevo che un fascista ha l'obbligo di andare con molte donne. Non ne deve tenere una, ne deve tenere venti. Ma adesso sono molto cambiato, te l'ho detto tante volte.»

«Sarai cambiato come pensieri, ma come natura sei rimasto lo stesso. Intendo dire che sei sempre un donnaioló. Mi piaci proprio per questo. Nello stesso tempo sono gelosa da morire: se so che hai un'altra donna, ti strozzo. »

« Mi sembra ci sia una contraddizione in quello che dici. »

« Ci sarà anche una contraddizione ma non ha influenza sul mio modo di vivere. Tu invece le contraddizioni le vuoi risolvere: è per questo che ti fanno soffrire. »

« Intendi dire che tu le contraddizioni le risolvi vivendo... Mentre io non ne sono capace? »

« Sì, è questo che volevo dire. Tu le contraddizioni le risolvi nella mente, ma sei incapace di risolverle nella vita. Per me è il contrario: la mia mente sarà anche molto confusa, ma nella vita so con esattezza quello che voglio... »

« Hai ragione. Importante è vivere, non filosofare. I romani, dicendolo, intendevano sottolineare la maggiore importanza della pratica rispetto alla teoria. In epoca moderna la stessa esigenza, con altre parole, è stata espressa da Marx. »

In Elena c'era questa dissociazione: lui l'accusava di pensar tante cose, ma di non farne nessuna. Purtroppo la sola che avesse messo in pratica era un'idea nefanda, l'assassinio di Gabriella...

"Lo so cosa mi risponderesti, se fossi in vita: che ne hai messe in pratica anche altre, per esempio quella di accompagnarti con un uomo... E questo era sempre stato un tuo chiodo fisso. Ma che una zitella a un certo punto salti il fosso, è normale. Come non hai sentito che l'assassinio era fuori della norma?"

Gli avrebbe potuto replicare che lei aveva sempre aspirato a compiere un'azione eccezionale, che la facesse passare ai posteri. "Come Erostrato?" avrebbe voluto dirle Varallo.

Era tornato troppo presto: la moglie del portiere stava ancora spolverando. Si scusò:

« Sa, con la scusa che lei era uscito, mi son detta che potevo entrarle in casa... ».

« Stia pure, signora, e faccia con comodo. Finisca pure le pulizie, non mi dà nessun disturbo. »

La signora si raddrizzò:

« Non le viene mai a noia vivere solo, signor colonnello? ».

« Ora non sono solo; ora ho lei che mi fa compagnia. » Aveva preso in mano un libro, ma non si decideva ad aprirlo.

« Ah, ma la mia è una compagnia occasionale. Io parlavo di una compagnia molto più stabile, e di una persona molto più giovane, che le fosse gradita. »

« Anche lei è più giovane di me. »

« Ma ormai, come donna, non rappresento un'attrattiva per nessuno, tranne che per il marito. Io parlavo proprio di una giovanissima... »

"Di Carolina" avrebbe voluto dirle Varallo. Ma tra lui e i portieri era inteso che della ragazza non dovessero mai parlare direttamente. Ne parlavano prendendola alla larga.

Adesso comunque gli premeva sapere una cosa sola, se Carolina sarebbe venuta da lui come di consueto. C'era sempre moltissimo tempo, è vero, ma la giornata non poteva concludersi senza un intermezzo amoroso.

« Di solito le pulizie quando le fa? che non la sento mai. »

« Quando lei dorme. Cioè, dopo che ha mangiato. Entro in punta di piedi, e vado in cucina a fare i piatti. »

« Ma qui nel soggiorno? »

« Nel soggiorno è un problema, perché lei, quando non dorme, è in poltrona a leggere. A ogni modo bisogna che lo metta a posto prima delle sei: altrimenti mia figlia mi rimprovera. »

« Si ricorda di quando Carolina mi faceva lei le pulizie? Le toglieva un grosso pensiero, non è così? »

« Io credo che allora fosse meno scrupolosa. A me non passa nemmeno un granellino di polvere. »

« Si sarà abituata in ufficio » disse Varallo.

« No, in ufficio non s'è abituata a niente. Certo, è una bella cosa che abbia un lavoro e guadagni: perché siamo nel bisogno. Oh, non che tutto lo stipendio lo dia a noi. Ce ne dà un terzo: un terzo lo mette in banca e un terzo lo spende per rivestirsi. Siamo tutti più che contenti... ma per lei è anche un sacrificio doversi alzar presto e trascorrere poi tutte quelle ore chiusa in ufficio...»

«Almeno a mensa, avrà meno pensieri.»

«È meglio mangiare che lavorare, certo, lo dice sempre anche Carolina... Ma con quei brutti musi dei suoi colleghi d'ufficio, le passa l'allegria, oltre che l'appetito. Non li ha mai potuti vedere. Me ne ha parlato male fin dal primo giorno. Le due donne, hanno già la mentalità della zitella, non fanno altro che spettegolare. E l'uomo, è talmente un impiegatuccio... A Carolina piacciono quelli come lei, che era al vertice della carriera e ha dato un calcio a tutto.»

Adesso che sapeva dell'umore di Carolina, Varallo poteva finalmente mettersi a leggere. La donna cercò di disturbarlo il meno possibile e poco dopo se ne andò.

Varallo non poteva fare a meno di dirsi che era soddisfatto. Ormai sapeva che Carolina non era cambiata; che i motivi per inquietarsi, se l'era messi in testa da sé. Eppure non gliene importava niente di quella ragazza: allora come mai la aspettava con ansia? e s'inquietava al pensiero che potesse anche non venire?

A mezzogiorno e mezzo la donna tornò per preparargli da mangiare. Varallo cercò di gustare il cibo ma il fatto d'essere solo glielo impediva. Le poche volte che aveva pranzato volentieri, era quando aveva con sé Gabriella.

Cioè, durante le ferie. Allora non vedeva il momento che finissero e lui fosse costretto a riprendere il lavoro. Adesso rimpiangeva che Gabriella non ci fosse più e gli toccasse star solo.

"Ci sto male ma resterò solo. Stasera stessa caccerò Carolina." Gli pareva che glielo imponesse il rispetto per la memoria di Gabriella.

Dopo mangiato andò a riposare, come faceva sempre. Alla fine gli riuscì prender sonno.

Si alzò prima del solito e si mise a leggere. Ogni cinque minuti guardava l'orologio.

Erano le tre e un quarto quando gli telefonò il commissario Vesce. Già dal tono eccitato della voce capì che c'erano grosse novità.

« Stamani ho ordinato una perquisizione in casa della signorina Raicevic. Non speravo di trovar niente, invece abbiamo avuto la fortuna di metter le mani su un nastro. C'è incisa la confessione della signorina. Devo mandarla al questore, ma prima volevo fargliela sentire: tanto più che ha la forma di una lettera indirizzata a lei. »

« Vengo subito » disse Varallo.

XII

«Caro Mario, ho paura di diventare pazza. Faccio sempre più spesso un sogno orribile: mi sembra d'essere io l'assassina di Gabriella...

«È vero? Non è vero? Non so più niente con certezza. Te l'ho detto, no? che soffro di allucinazioni. Tutto il passato, specialmente quello più recente, mi fa l'effetto di essere avvolto in una nebbia...

«Prendi per esempio l'ultima volta che sono venuta a casa tua. È proprio vero che ci sono venuta? Io ne dubito...

«Tu solo mi potresti aiutare. Potresti affermare o negare che io sia venuta a casa tua, e che abbia visto o sentito Gabriella. Io ti crederei a occhi chiusi perché tu sei come un fratello per me... E adesso, temo di averti perduto irreparabilmente. Se quel sogno è vero, ti ho perduto...

«Eppure volevo fare il tuo bene. Il tuo bene, solo io potevo sapere in che consistesse. Tu sei cieco, tanto è vero che avevi progettato di metterti con Gabriella. Sarebbe stato un errore irreparabile, e io, mentalmente, forse anche nella realtà, ho deciso d'impedirlo.

«Sapevo e so che tu puoi essere te stesso solo stando con me. È la sola soluzione logica dei nostri rapporti. Finora ci siamo solo fatti del male a vicenda, è venuto il momento di porvi riparo...

«E possiamo porvi riparo in un modo solamente, stando insieme. Non come fratello e sorella, come marito e moglie. Io avevo progettato l'assassinio di Gabriella proprio perché le cose andassero a finire in questo modo.

« Mi chiederai se ho avuto l'animo di metterlo in e-secuzione. Ebbene, a questo riguardo, permettimi di lasciarti in dubbio. Mi dirai che sono la solita dispettosa. Pensala come credi, ormai ho deciso di farti un dispetto.

« Perciò l'assassinio te lo racconterò come un sogno. Del resto è vero che quel sogno lo faccio in continuazione.

. « Capisci ora perché ho inciso su nastro questa specie di lettera per te. Degli altri non me ne importa niente, credano pure che sono un essere spregevole, ma di te, mi dispiacerebbe che pensassi male. E se loro mi chiudono in manicomio, o mi arrestano, voglio che tu per lo meno sappia come sono andate veramente le cose.

« Comincerò col progetto: che ho ideato nei più piccoli particolari. Quando, l'ho ideato? Non ha importanza. Certo fu dopo quella volta che ero stata a casa tua (ammesso che ci sia stata veramente).

« Dunque, io m'ero messa in testa che Gabriella non fosse adatta per te. Bisognava che ne fossi sbarazzato a qualsiasi costo.

« A costo della soppressione della persona fisica? Sì, a costo anche di quella. Come vedi, pensando non arretro di fronte a niente. È la mia forza, di cui vado orgogliosa.

« Purtroppo questa mia qualità non è riconosciuta dagli altri. Non posso farmi largo nel mondo, dappertutto m'imbatto nell'ostilità delle persone. Forse perché vedono che sono una donna, mi considerano un essere inferiore...

« Anche tu in me hai visto la donna e basta. Non negare, mi ricordo benissimo di quei tempi. Per il recente passato la mia memoria vacilla, ma per quello lontano s'è mantenuta lucida.

« Tu saresti pervenuto alla verità solo più tardi, pensavo. Quando? Verso i cinquant'anni. Purtroppo verso i cinquant'anni ti sei messo intorno quella...

« L'ho saputo subito, e per me è stata come una coltellata. Perché ti ho sempre considerato l'uomo della mia vita. Credevo che avremmo finito col metterci insieme. Nel frattempo, avremmo avuto ognuno le nostre esperienze. Anch'io avrei avuto le mie, sia per non restarti indietro, sia perché tu la smettessi di credere nella favola della verginità.

«Da principio ho sperato che questa Gabriella passasse com'erano passate le altre. Poi ho saputo che non passava affatto. E alla fine, che ci saresti andato a vivere. Allora ho deciso che bisognava impedirti a ogni costo di mettere in atto un progetto così dissennato...

«Prima ho voluto rendermi conto di come stavano le cose. Sono venuta da te, ma non ricordo cosa ci siamo detti. È da questo momento che il passato mi appare annebbiato. Ricordo di averla sentita, quella tale, e di aver capito che con lei tu volevi ricreare il rapporto che c'era stato tra noi due, ma senza riuscirci, perché mancava il meglio: una che fosse superiore a te intellettualmente.

«So come mi risponderesti, che ti sei emancipato. E che non hai più bisogno di nessuna tutela. Ma la tua crescita intellettuale (che mi auguravo, e che ero certa avvenisse) non potevi confrontarla con le ideuzze che tirava fuori una donnetta qualsiasi.

«Una donna non è soltanto una femmina, è anche un essere raziocinante: è questo che ti manca di comprendere per uscire di minorità. Perché una coppia vada bene, non è necessaria solo la soddisfazione sessuale, anche l'intesa intellettuale. E questa seconda cosa, quella Gabriella non poteva assicurartela assolutamente.

«Fin qui quello che ho pensato veramente, il progetto che avevo messo a punto in ogni particolare. Adesso il sogno...

«Comincia sempre con me che metto la rivoltella nella borsetta. Scendo a piedi verso casa tua (ma questa parte del sogno non c'è, sembra che, uscita di casa, sia subito da te). Suono e mi viene ad aprire la stessa Gabriella. Adesso finalmente posso vederla in faccia. Mi domando cosa possa esserti piaciuto di lei: ma già, lo so che con le donne tu ci vai solo per la soddisfazione che ti procurano. Se le cose stessero davvero così, potrei anche sopportarlo. Ma ora m'è giunto all'orecchio che tu ci voglia andare a stare insieme...

«Non c'è che domandarglielo. E, alla sua risposta affermativa: "Non mi tenga qui sulla porta, non sono mica una che le sia venuta a vendere una saponetta. Il discorso che le devo fare io è molto serio".

«Mi fa segno di entrare, e io vado a mettermi sulla stessa poltrona su cui ti mettevi sempre tu per vedermi le gambe. Lei si siede sul divano che immagino sarà anche dove si svolgono i vostri incontri amorosi. È allora che noto il tuo berretto abbandonato sul divano. Non capisco cosa ci faccia, e glielo domando. "Oh, niente" risponde lei, diventando rossa. Io mi convinco una volta di più che non è adatta per te: apro la borsetta e le sparo...»

«Ecco, la registrazione finisce qui» disse il commissario. «È convincente, non le pare?»

«A me è sembrata una confessione a metà, com'era nel suo carattere. Ricostruisce il delitto, ma dice che è solo un sogno.»

«C'è il particolare del berretto, che la sbugiarda. Come faceva a sapere che sul divano vicino c'era un berretto, se i giornali non ne hanno parlato?»

«È sicuro che non l'abbiano fatto?» domandò Varallo.

«Sicurissimo. Io l'avevo detto solo a lei...»

«Già, ricordo che non riusciva a capirne la presenza.»

«Vede dunque. Le dico la verità, senza questa confessione mi sarebbe rimasto un po' di dubbio... Sì, avevamo accumulato prove schiaccianti, che se la signorina fosse rimasta in vita le avrebbero procurato l'arresto; ma la confessione è la prova delle prove.»

«Mica sempre. Ci sono rei confessi in istruttoria che in aula ritrattano.»

«Ah, ma quelli c'erano stati costretti. Mentre in questo caso, la confessione è stata spontanea... Ma non credevo, perquisendo la casa, che sarei stato fortunato al punto di trovarla...»

«Quando l'ha perquisita?»

«Stamani tardi. Oh, lo sa che quelli della polizia antiterrorista non volevano farmi entrare? Dicevano: il caso Raicevic ormai è di nostra competenza. Ma io sono qui per il caso Turri, replicavo. Ci occuperemo anche di quello, rispondevano. E io: Perdereste il vostro tempo. Lo abbiamo risolto stamani. Chi è stato ad assassinarla? Una donna. Proprio la vittima del caso di cui vi occupate voi: Elena Raicevic. E allora, l'ipotesi del terrorista? Quella è svanita, come neve al sole. Ma voi continuate a tenerla presente: è la sola spiegazione logica di questo nuovo delitto...

«Non si potrebbe immaginare un giustiziere che abbia voluto punire l'assassina della signora Turri? Senta, ho risposto io, il solo che avesse avuto questa intenzione poi s'era ricreduto. E sa chi era? Il proprietario dell'appartamento dov'è avvenuto il primo delitto, il colonnello Mario Varallo...

«Alla fine quello mi ha lasciato entrare. M'ha detto solo: "Le cose che sequestra, me le faccia vedere". "Dovrò sequestrare almeno la rivoltella con cui è stato compiuto il delitto..." Perché non credevo di trovare altro di compromettente...»

Prima di rientrare, Varallo si disse che, dopo aver risolto il mistero dell'assassinio di Gabriella, non gli restava più niente da fare al mondo.

XIII

Carolina arrivò alle sei e mezzo. La investì:

« Dove sei stata? ».

« In nessun posto. Vengo direttamente dal lavoro. Oggi siamo usciti con mezz'ora di ritardo. »

« Non ti credo. »

« Invece è la verità, puoi controllare telefonando alle mie colleghe. »

« O ai tuoi colleghi. »

« Io di collega ne ho uno solo, lo sai: ma non mi ce la dico. »

« Scommetto che siete usciti insieme e siete andati a fare una passeggiata romantica sul lungotevere... È lì che vanno le coppiette. Scommetto che ti ha anche baciato... »

« Non è vero niente. È frutto solo della tua fantasia. Ma mi fa piacere saperti geloso. »

« Io non sono affatto geloso. »

« E allora, come mai mi misuri il tempo? »

« Perché non mi passa mai. Me ne sto in casa a leggere e ogni cinque minuti guardo l'orologio per vedere quanto manca alle sei. »

« Io ci pensavo, cosa credi? Mi sentivo struggere, all'idea che stasera sarei arrivata in ritardo. »

« Come sei bugiarda. Come la sai far bene la commedia. »

« Io non faccio nessuna commedia. Io, appena ci hanno lasciati liberi, sono corsa a prendere il filobus e sono venuta subito a casa. »

« No, tu sei andata sul lungotevere a farti baciare. »

« Perché non dici anche che sono andata in una casa a fare all'amore? »

« Perché so che non lo puoi fare. Altrimenti l'avrei pensato. »

« E siccome non posso fare all'amore non conto più niente per te, vero? »

« No » rispose Varallo. « Per conto mio te ne puoi anche andare. »

Invece Carolina restò lì. Più la mortificava e l'umiliava, più lei faceva finta di niente. Varallo finì con lo spazientirsi:

« Hai capito quello che ti ho detto? Che te ne puoi anche andare ».

« Io invece non me ne vado per niente. »

La resistenza della ragazza lo indusse a prenderla per le spalle e a spingerla. Aprì la porta d'ingresso, e la scaraventò fuori.

Avrebbe potuto essere contento di essersi definitivamente liberato di Carolina: perché, dopo quello sgarbo, non si sarebbe più ripresentata. Poi si disse che forse l'aveva trattata troppo male: la stessa Gabriella, se avesse potuto vederlo, l'avrebbe disapprovato.

Socchiuse la porta: Carolina si stava rialzando, perché era finita lunga distesa sul pavimento. S'era sbucciata un ginocchio. Si avviò zoppicante verso casa. Varallo le disse di tornare indietro:

« Non ti puoi presentare a casa in quelle condizioni ».

« Temi che i miei capiscano che mi hai scacciato? Non aver paura, semmai dico che sono cascata. »

« Vieni prima a lavarti da me » disse Varallo, che cominciava a perderci la pazienza un'altra volta.

Carolina lo seguì nel bagno. Qui gli sembrò che ci mettesse un po' troppo a comprimersi la sbucciatura e a versarci sopra l'acqua. Si dominò; le disse:

« Scusami di prima ».

« Niente niente » rispose lei, senza guardarlo.

L'acqua scorreva, e Varallo fu preso dalla sonnolenza. Quello sciacquio gli conciliava il sonno, come tutti i rumori sempre uguali.

Si fece forza: si riscosse e disse a Carolina:

« Puoi prendere uno dei miei fazzoletti, per stagnare il sangue ».

« Sul serio? » domandò la ragazza, come se lui le facesse chissà quale concessione. Andò a prenderlo in sala. Aprì a colpo sicuro un cassettone che aveva l'aspetto di un mobile qualsiasi:

« Credevo che tu fossi geloso dei tuoi fazzoletti » disse a Varallo che le era andato dietro.

« Io non sono geloso di niente » borbottò lui. « Dei fazzoletti poi... »

« I tuoi capi di vestiario sono tutti scelti con cura. Lo notavo quando venivo a far le faccende. Sembrerebbe quasi che tu avessi una donna al tuo fianco... »

« No, è che a forza di stare solo mi sono abituato a far gli acquisti da me. Ora però sono deciso a cambiare. Tu ci staresti, a diventare mia moglie? »

Gli sembrava che anche questa proposta gliel'avesse suggerita Gabriella.

(1979)

Finito di stampare nel mese di agosto 1988
dalla RCS Rizzoli Libri S.p.A. - Via A. Scarsellini, 17 - 20161 Milano

Printed in Italy

BUR
Periodico settimanale: 6 Settembre 1988
Direttore responsabile: Evaldo Violo
Registr. Trib. di Milano n. 68 del 1°-3-74
Spedizione abbonamento postale TR edit.
Aut. n. 51804 del 30-7-46 della Direzione PP.TT. di Milano